تاریک‌خانه‌ی آدم

داستان بلند

فرشته مولوی

AZADAN
BOOKS

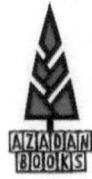

تاریکخانه‌ی آدم

داستان بلند

فرشته مولوی

شناسه: مولوی، فرشته، ۱۳۳۲-

عنوان و نام پدیدآور: تاریکخانه‌ی آدم/ فرشته مولوی/ویراست دوم

ناشر: آزادان (Azadan Books)

تورنتو: ۱۴۰۳

موضوع: داستان‌های فارسی - قرن ۱۵

رده‌بندی دیویی: ۳/۶۲فا۸

همه‌ی حقوق چاپ و نشر این کتاب از آنِ نویسنده است و هرگونه بهره‌برداری از آن باید با روادید نویسنده باشد.

تاریک‌خانه‌ی آدم

فرشته مولوی

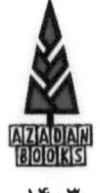

AZADAN BOOKS

۱۴۰۳

یکم

ایوب

دم درِ تاریک‌خانه این پا آن پا می‌کنم. می‌دانم که نیست. دیدم که نیست. دیده بودم که نیست. از ندیدنش کور شده بودم. از نبودنش یخ زده بودم. روز آخر که آمده بودم خودم این در را دوباره بستم. بستم که باور نکنم. بستم که درِ بسته خرم کند که نکند باشد! نرفته باشد! آمده باشد! امشب هم دلم همین را می‌خواست. که در بسته باشد. که مثل آن شب آخری که دیدمش باز نباشد. باز نباشد اما یک باریکه‌نوری از درزِ پایینِش بیرون زده باشد. نوری اگر می‌بود یعنی که بود. یعنی چراغی روشن شده بود. محال بود خواب یا بیدار باشد چراغی روشن نباشد. شمع روشن کردنش کی برای نور بود؟ برای بو بود. امشب که در خانه را باز کردم جز بوی هوای مانده که بویی به دماغم نخورد! خانه هم که مثل روز آخری که آمدم خالی بود. چراغ پاگرد را که روشن کردم رفتم آشپزخانه. یادداشتش هنوز رو یخچال بود. نه آن‌جور که خودش گذاشته بود تا زود ببینم و بخوانم. آن‌جور که خودم آن روز پشت‌وروش کردم تا نبینم و نخوانم. کشوی شمع‌های خوش‌بوش را بازکردم. با هر بویی دست‌نخورده‌اش بود جز با بوی گاردنیا. رفتم اتاقش. از روی میزعسلی کنار تختش یک نیم‌سوخته برداشتم. بوش نکردم. تا نمی‌سوخت بوی یاس افریقایی نمی‌داد. روتختی مرتب بود. یک چروک هم نداشت. از اتاق بیرون زدم. در را کیپ بستم که نگاهم به تختش نیفتد.

حالا کف دست چپم شمعِ نیم‌سوزش هنوز خاموش مانده. باید در را باز کنم. شمع را بگذارم روی میزش. روشنش کنم تا بسوزد. تا ته بسوزد. سرِ جاش بسوزد.

برای آدمش بسوزد. تو تاریک‌خانه بسوزد. بسوزد که با بوی خوشش جای خالیش را پُر کند.

توپیِ دستگیره‌ی در ولرم می‌شود. چسبناک می‌شود. از عرقِ کف دست راستم این‌طور می‌شود. فشارش می‌دهم. نمی‌چرخانمش. چشم‌هام را می‌بندم. اول باید به خودم دل بدهم. فکرم هرز می‌رود. دیگر پشت در نیست؟ شب آخری که تو تاریک‌خانه دیدمش کشتمش. آن شب نکشتمش؟ یک هفته پیشترش کشته بودمش. تو بار نکشته بودمش؟ کله‌ام چرا داغ می‌شود؟ گوش‌هام به وزوز افتاده. حالا چی؟ باز هم آمدم بکشم؟ حالا می‌توانم بکشم؟

- کی تو خایه‌اش را داشتی که حالا داشته باشی!

خرمگس این را می‌گوید که بدانم خودم با خودم نیستم. بدانم آدم اگر نیست خرمگس هست. غیب نمی‌گوید. داشتم که این‌طور آچمز نمی‌شدم. حالا وقتش نیست با خرمگس دهن به دهن بشوم. فکر من را می‌خواند. من هم حرفش را می‌شنوم. تا بوده این‌طور بوده. دوروبرم بوده. یا وزوز کرده یا امرونهی. گاهی هم شده که سرکوفت نزند. یا گوشزد نکند. یا خفه بماند. این هم زیاد شده که یکی‌به‌دو کنیم. یا حتا سفت‌وسخت جلو هم بایستیم. شبِ تاریک‌خانه هم یک‌هو کار بالا گرفت. اولش این‌طور بود که انگار میخش را کوبیده بود. حرفش ردخور نداشت. نه این که پاک وداده بودم. نه. از شبِ بار که قضیه رو شد خوردخورد مُخم را خورده بود. صغرا کبراش چرند بود. آخرش اما توی کله‌ام فرو کرد راه خلاص چاره‌ی ناچار است. شبِ آخر تا دم درِتاریک‌خانه هم با من بود. شیرم کرده بود کار را تمام کنم. آخرش نشد. لابد به حساب بردِ من باختِ خودش گذاشت. از خانه که بیرون رفتم دیگر پیدایش نشد تا تو بیمارستان. خودم را نمی‌شناختم باورم می‌شد ناک-اوت

شده. آن‌قدر می‌شناختمش که بدانم باخت- باخت را نمی‌فهمد. پیله را خوب می‌فهمد. نمی‌فهمید که خرمگس نمی‌شد.

حالا شقیقه‌هام تیر می‌کشد. این را دیگر نمی‌شود به حساب خرمگس گذاشت. این عزرائیلِ جاکش کله‌خرتر از خرمگس است. روزِ آخر که آمدم نیامد. زدم تو خیابان‌ها هِی برو هِی تاریک شو. نصفه‌شب که شد گفتم بروم وسط بزرگراه قدم‌رو بروم. به خیالم این‌طوری دیگر این اجلِ جاکش از رو می‌رود. می‌آید سروقتم. نشد. نیامد. ماشین آمد زده‌نزده پرتم کرد. صورتم له‌ولورده شد. سرتا پام زخم‌وزیلی شد. کله‌ی سگ‌مَسب فقط یک گوشه‌اش باد کرد. صاب‌مرده انگار آهن است. یک ترک هم برنداشت. دلش را داشتم می‌کوبیدمش به در خردوخمیر شود. خرمگس حق دارد من را بی‌خایه بداند. نه آن‌شب از دست‌هام کاری برآمد نه حالا از این کله کاری ساخته است.

پیشانی‌ام را بچسبانم به در. دری که خودم بستمش. دو هفته پیش بستمش. حالا پس آمده‌ام خودم بازش کنم. تاریک‌خانه را مگر خودم واسه‌اش درست نکردم؟ روشننش کرد. من بودم که تاب نیاوردم. آن‌همه روشنی کورم کرد. آن‌همه وزوز دیوانه‌ام کرد. خرمگس حرف از ننگ می‌زد. من از درد کروکور شدم. شبِ تاریک‌خانه هردو این‌ورِ در بودیم. آن وقت آن‌ورِ در آدم هم بود. حالا نیست. باید بروم ببینم که نیست. تو مُخم برود چرا نیست. خب این دل می‌خواهد. خایه می‌خواهد. خرمگس دلِ گندیده دارد من خایه‌ی پلاسیده.

چرا زانوهام نمی‌کشد وایسم؟ باید به خودم وقت بدهم. زیر لبی ورد بخوانم: از شب هنوز مانده دو دانگی. مانده. از شب مانده. تا به ته‌اش برسد وقت دارم. این بار دیگر بی‌کله کار نمی‌کنم. دو هفته وقت داشته‌ام نقشه بکشم. خواب یا بیدار. با درد یا بی‌هوش‌وگوش از درد. وقتِ کلنجار رفتن با خرمگس. وقتِ مُقر آمدن پیش

روی آن دخترِ درمانگر. آدم‌کش باید برگردد به جایی که آدم کشته. ایوبِ عکاس باید بیاید تاریک‌خانه. برگشته‌ام. آمده‌ام. فقط باید دستگیره را بچرخانم. پس چرا نمی‌چرخانم؟ به‌جاش چشم‌های خیسم را باز می‌کنم. پیشانی‌ام را پس می‌کشم. دستم را از رو توپیِ در برمی‌دارم. می‌کشم روی شلوارم نمش خشک شود. جیبِ پشتی سمتِ راست زیر دستم می‌آید. تلفن همراهم که توش نیست؟ دو هفته بی تلفن مگر نبوده‌ام؟ تابلوی Closed را که پشت شیشه‌ی عکاس‌خانه گذاشتم تلفن را هم از جیبم درآوردم. گذاشتمش رو پیشخان. این سفتی از پاکت سیگار هم نیست. نشده که سیگار و فندک توی جیب راستم برود. ضبط جیبیِ آن دختره است. لابد پیش خودش فکر کرده یارو هم روانی بوده هم دزد. یادداشت واسه‌اش نگذاشتم. می‌گذاشتم معنایش این بود که عقلم سرِ جاش هست. که نزاکت سرم می‌شود. که دلم می‌خواهد من را آدم خوبه ببیند. آدم خوبه نیستم. بودم آدم از کفم نمی‌رفت. بودم این‌جور نمی‌شد. این‌جور پشتِ این در وانمی‌ماندم. حالا سیگار و فندک را از جیب چپ شلوارم درمی‌آورم. شمع را روشن می‌کنم. شمعدان را پای درِ بسته می‌گذارم. نخِ سیگاری می‌کشم بیرون. روشن نکرده صداش تو گوشم می‌پیچد. "دَد، توی خونه دود نکن!" باشد. گوش می‌کنم. خرمگس می‌گفت گوش نمی‌کردم. راه می‌افتم بروم بالکن. درِ کشویی را نکشیده پشت سرم را وارسی می‌کنم. چراغ کم‌نور پاگرد را روشن گذاشته‌ام. چفت پشت درِ خانه را هم بسته‌ام. نه از روی محکم‌کاری. بستم که خرمگس گیر ندهد. خیال می‌کند می‌آیند می‌گیرند برم می‌گردانند بخش روانی. نه نشانی را دارند نه من وقتِ زیاد می‌خواهم.

خرمگس

قاعده حکم می‌کند دائم خودم را معرفی کنم: من خرمگسِ توام، ایوب. باز هم آمده‌ام وسط که خودی نشان بدهم. نمی‌گویم که مرا نمی‌بینی. نخیر. مرا می‌بینی اما دائم پس می‌زنی. من هم از رو نمی‌روم. برای همین هم هست که می‌گویی من خرمگسم. خب باشد. اصلاً و ابداً ایرادی ندارد. هرچه باشد ما عمری را با هم گذرانده‌ایم. اگر تو به من یک لقب داده باشی، من که هزار و یک لقب به تو داده‌ام. یکی‌اش هم همین بی‌خایه که همین حالا هم دارد قلقلکت می‌دهد. خرمگس هیچ مرا قلقلک نمی‌دهد. تو خیال می‌کنی داری به من نیش می‌زنی. خرمگس نیش که نمی‌زند، هیچ، برعکس یادم می‌اندازد که خصلت اصلی‌ام را فراموش نکنم. خدایی‌اش خودم هم گاهی از این‌همه سماجت خودم عاصی می‌شوم؛ اما باید قبول کرد که هرکسی را بهر کاری ساختند. پس من خرمگسم. البته نه هر خرمگسی؛ یا خرمگسِ هر کسی. من خرمگسِ ایوبم. همین و والسلام. کارم هم فقط این است که بپایمت تا از صراط مستقیم بیرون نزنی. لازم باشد آن‌قدر توی گوشت می‌خوانم تا شیرفهم بشوی. گاهی خودت را به نشنیدن می‌زنی. گاهی هم اصلاً و ابداً گوشَت بدهکار نیست. همین عصری گفتم تو را که فردا از درمانگاه مرخصت می‌کنند؛ دیگر چرا فرار می‌کنی؟ هم آن‌ها را به دردسر می‌اندازی، هم خودت را. هیچ محلم نگذاشتی. گفتم آن‌دفعه خودت را انداختی زیر ماشینِ مردم؛ پلیس تحویلت داد تا نگهت دارند کار دستِ خودت ندهی. این‌دفعه که پلیس برَت گرداند، دیگر جایی و جوری نگهت می‌دارند که کار دست دیگران ندهی. جوابی ندادی. گفتم زبان‌نفهم، خُل می‌روی تو، دیوانه‌ی زنجیری برمی‌گردی بیرون! بی‌آبرویی روی بی‌آبرویی! ننگ

روی ننگ! خلاصه کلی دلیل و برهان آوردم که یک شب دیگر هم طاقت بیاوری؛ به خرجت نرفت که نرفت. حالا آمدی اینجا به خیال خودت کار را یک‌سره کنی. خب، بکن! این گوی و این میدان و این هم این پهلوان‌پنبه‌ای که لاف می‌زند جربزه‌ی کشتن دارد.

راوی

هوای دم‌کرده‌ی شبی از شب‌های آخر تابستان. بالکن باریک آپارتمانی در طبقه‌ی ۱۷. بالا آسمانی بی‌ماه و ابرپوش. پایین تیرگیِ فضای سبزِ چارگوشِ برج در پناه حصاری بلند. ایوب بی‌اعتنا به خرمگس و خم‌شده بر نرده‌ی بالکن نگاهش را از چارگوشِ بسته به بزرگراهِ آن‌بر حصار می‌دواند -- نواری با خال‌های سرخ-زرد که یک‌بند می‌روند و می‌آیند. اگر همهمه‌ی گوش‌آزار نبود، می‌شد فقط همان نوارِ خال‌خالیِ آدم باقی بماند. همهمه نمی‌گذارد. هوهو می‌شود و توی سر و گوشش جوری می‌پیچد که انگار هویش می‌کند. یادش می‌آورد که D.V.P. همین دوهفته پیش می‌شد قتل‌گاهش باشد و نشد. تکیه‌ی دست‌هایش را از روی نرده برمی‌دارد. با غیظ پکی محکم به ته‌سیگارش می‌زند و برمی‌گردد سر میز دو نفره‌ی کنج بالکن. کونه‌ی سیگار را در زیرسیگاری خاموش می‌کند و روی صندلی تاشوی چوبی می‌نشیند. زیرسیگاری را کنار می‌زند و ضبط را پیش می‌کشد. دکمه‌ی صدا را آن‌قدر می‌چرخاند که بهانه‌ای برای بی‌خواب شدن همسایه‌ها نباشد. برای آن که صدای دختر درمانگر را هم به خلوت خودش و خرمگس بیاورد، دکمه‌ی روشن ضبط را می‌زند.

- این ضبطی که می‌خواستین حالا روشنه.
- پس شرطم رو قبول کردین!
- سخت نبود.
- ضبطِ خبرنگاریه. خبرنگار که نیستین؟

- شوخی می‌کنین؟ شما می‌دونین من کارآموزم اینجا. درسم تازه تموم شده. روانشناسی خوندم. قراره چند تا جلسه با هم باشیم. شما حرف می‌زنین، من یادداشت برمی‌دارم. بعد یه گزارش می‌نویسم به دکتر شما. به دکترتون گفتم من زبان شما رو می‌دونم، گفت .O.K هست من با شما باشم.

- هوم! یه WASP دِبش؟ لابد فکر می‌کنه یه مریض سبزه نمی‌تونه خوب اینگیلیسی دردِ دل کنه.

- نچ نچ! دِبش نمی‌دونم چیه. می‌دونین که فارسیِ من خیلی خوب نیست. دکتر شما ولی خیلی نایسه؛ هم با شما، هم با من. خب راستش رو می‌گم. من می‌خواستم کار با شما رو بگیرم هرجور شده. می‌دونین اینجا آدم باید هی خودش رو نمایش بده. این‌طور فکرم بود که شما با من راحت‌ترین تا با یه درمانگر دیگه. خب من اینجا بزرگ شدم، اینجا درس خوندم. دوست دارم ولی با شما کار کنم. به من اعتماد می‌کنین. نه؟

- این ضبط‌های کوچیک مال خبرنگارهاست.

- من این رو برای کلاس‌هام داشتم. هروقت نمی‌خواستم توی کلاس گوش بدم استاد چی می‌گه، با خودم این رو می‌بردم. وقتی گفتین به شرطی حرف می‌زنین که رکورد بشه تا یادتون نره چی گفتین، یادِ این افتادم.

- چی باید بگم، دخترخانوم؟

- گفتم که می‌تونین من رو به اسم کوچیکم صدا کنین. اسمم یادتون رفت؟

- هرچی نباید یادم بره یادم می‌ره. اسمتون هرچی بود یکتا نبود.

- یکتا اسم یه دختره؟ دوست دارین از یکتا حرف بزنین؟

- حرف زدن از دختری که بیست و هشت-نُه ساله مرده، چه دردی رو دوا می‌کنه!

- .O.K از اون شبِ توی Don Valley بگین. اون روز چی...؟

- چه‌قدر سوال می‌کنین خانوم درمانگر! لابد دیشب سوپرانو دیدین.

- اگه شما حرف بزنین، سوال نمی‌کنم. شما Tony Soprano نیستین، من هم روانکاو نیستم. فقط قراره شما راحت باشین و حرف بزنین. بگین چی شد به خودکشی فکر کردین. از اون روز و اون شب بگین.

- این قرص‌ها حافظه‌م رو خط‌خطی کرده. سین-جیم پلیس. سین-جیم دکتر. سین-جیم این خرمگسِ چسبیده به مخ. این زق‌زقِ زخمِ زیر چشمم. حالا باید ماجرا رو یه بار دیگه واسه شما تعریف کنم؟ خلاصه‌ش می‌کنم کار شما راحت‌تر باشه، دختر خانوم. خودم هم زودتر خلاص شم. به شرط این که وسط حرفم نپرین.

- .O.K اگه یه چیز رو نفهمیدم...

- چیزی نیست که شما نفهمین. طوری‌ه که خودم نمی‌فهمم. اما پیش‌پاافتاده‌ست. فیلمی نیست. شب می‌خوابی. یا نمی‌خوابی. صبح بلند شده نشده می‌بینی رسیدی آخر خط. به همین آسونی. به همین سادگی. حالا شما اسم این رو می‌گذارین حالِ خودکشی؟ باشه. هرچی دوست دارین. اما نقشه‌ای تو کار نبود. باید می‌بود؟ یا بود؟ دوهفته‌ای بود که خراب بودم. چراش رو نپرسین. نه گفتنی‌ست، نه فهمیدنی. رفتم تو استودیو سرم رو به کار گرم کنم. کاری هم نبود. سفارش نیمه‌کاره نداشتم. یه چند تا عکس واسه دل خودم بود که نصفه‌کاره مونده بود. دست‌ودلم به کار نرفت. هی زور زدم حواسم رو بدم به کار. نشد. از خودم و دنیا کفری بودم. دنیا تکونی نخورده بود. من زیرورو شده بودم. خودم نبودم. یا بودم و پیش‌ترش خودم نبودم. یه هفته‌ای بود که خرمگسی تو گوشم وزوز نمی‌کرد. خودم کنِه شده بودم. به جون خودم افتاده بودم. دیدم از پس خودم برنمی‌آم. از عکاس‌خونه زدم بیرون. هی راه رفتم. هی ول گشتم. سرِ ظهری سر از آپارتمان پسرم درآوردم.

نبود. نباید هم می‌بود. زنگ زدم به مادرش تو سانفرانسیسکو. سرِ کار بود. بی‌خبر نبود. گفت پسرم رفته پیش اونا. گفت گفته می‌خواد یه چند وقتی اونجا بمونه با اِوا خوش بگذرونه. همین. اوا دخترشه -- از شوهر دومش. هیچ ندیدمش. گاهی پسرم گوشی تلفن را داده دستم باهاش حرف زدم. مثل پسرم به من می‌گه دَد. پدرِ خودش این ورِ شرقِ امریکاست. سراغش رو هم نمی‌گیره. من بهش می‌گم حوا. خوشش می‌آد. هفت سالشه. سَندرم داون داره. پسرم خواهرشو خیلی دوست داره. بیشتر به خاطر اونه، نه مادرش، که سالی یه بار می‌ره دیدنشون. کریسمس اونجا بود. تابستونا کار می‌کنه. تا پیش از دانشگاه رفتنش با هم زندگی می‌کردیم. بعد من تو استودیو می‌خوابیدم تا آپارتمان دربست دست اون باشه. اجاره‌ی آپارتمان رو هنوز من می‌دم تا وقت درس و دانشگاه بهانه نداشته باشه. به مادرش نگفته بود کی می‌خواد برگرده. حتماً هنوز چیزی هم به مادرش بروز نداده بود که اَن چیزی نگفت. یه الف بچه من رو که بالا سرش بودم، رنگ کرده بود. مادره رو که سالی یه بار بیشتر نمی‌دیده. این‌طور که کمد و میزش نشون می‌داد، معلوم نبود اصلاً برگرده. نه کاپشنش سرجاش بود، نه قلم‌های طراحیش. باز زدم تو خیابون. هی راه رفتم. هی ول گشتم. تاریکِ تاریک که شد دیدم باز دوروبر Don Valley دارم می‌چرخم. گفتم پس لابد این ایستگاه آخره. نبود. یا بوده. کش آمده تا اینجا من رو بنشونه پیش روی شما دخترخانوم.

- شما یه پسر دارین که ... چن سالشه پسرتون؟ می‌شه از اون بیشتر بگین؟
- هرچی می‌شد، گفتم. دیگه نمی‌تونم چیزی بگم.
- چرا؟
- چون تو دهنم پر از خاک‌اره می‌شه.

دوم

ایوب

دهنم چرا خشک شده؟ زبانم چوب‌خشک به سقم چسبیده. حالا درمانگاه اگر بودم پرستار می‌گفت از قرص‌هاست. قرص‌ها حل شده‌اند. نه تو شکم. تو خلا. این را که به پرستار نگفتم. به درمانگر گفتم. همان اول هم گفتم. تا گفتم ابرو بالا کشید. اخم کرد. ته‌رنگِ خنده رو لب‌هاش نشست. نگاهش کردم. جوری که یک بچه‌ی خلاف کرده به مادرش نگاه می‌کند. خنده‌اش پررنگ شد. چال به لپ‌هاش افتاد. یکتا پیش چشمم آمد. یک آن یک گرمای ولرم زیر پوستم خزید. از خودم بدم آمد. وقتِ بازیِ تازه نبود که. دهن باز کرد حرفی بزند. گفتم به دکتر نگوید. سر تکان داد که باشد. زود از ژست یک کارآموز درآمد. باورش شد درمان‌جوی سربه‌راهی هستم. به خودش مطمئن شد. رفت تو جلد یک مادر با تجربه. نرم نگاهم کرد. جوری که بچه مقر بیاید تا بخشیده بشود. بچه اما مادربه‌خطا از آب درآمد. تخم‌مرغ دزدی را گفت که شترمرغ دزدی را بپوشاند.

انگشت را از رو دکمه‌ی خاموش ضبط بردارم. توری کشویی بالکن را نرم پس بکشم صدا درنیاید. بروم سیخ وایسم پیشِ رویِ دریچه‌ی بادزن. عرق صورت خشک می‌شود. پوست خنک می‌شود. جگر نمی‌شود. می‌روم آشپزخانه. وسوسه می‌شوم کلید چراغ را بزنم. نمی‌زنم. روبروی یخچال دودل می‌شوم. دست دراز می‌کنم کلید را می‌زنم. نور مهتابی سقف روی یادداشتِ زردِ چسبان می‌افتد. روز آخر که خواندمش کندمش که پاره‌اش کنم. نکردم. مچاله‌اش کنم. نکردم. برش گرداندم سرجاش رو درِ یخچال بماند. پشت‌وروش کردم نبینمش. کفشدوز شیشه‌ای

آهن‌ربادارش کنار دستگیره‌ی یخچال بود. کشاندمش آوردم رو کاغذ بماند. خطش باید می‌ماند. خواندنش خرابم می‌کرد. دستم می‌رود طرفِ در یخچال. حرفش از پشت کاغذ سیاهی می‌زند. نوک انگشت‌هام به کاغذ نرسیده سوزن سوزن می‌شود. دستم را می‌کشانم سمت دستگیره. با آن یکی دست مهتابی را خاموش می‌کنم. تو یخچال جز تُنگ آب که چیزی نیست. روز آخر هم همین بود. یادداشت هم اگر نبود همین یخچال نشان می‌داد که برنمی‌گردد. یا همین ظرفشویی و پیشخانِ برق‌افتاده. یا سطل آشغالِ خالی. یا تخت و روتختی‌اش که صاف‌وصوف بود. یا میز تاریک‌خانه‌اش که یک قلم و مداد هم روش نمانده بود. تُنگ آب را بیرون می‌آورم. لب‌های داغمه‌بسته را بچسبانم به لبه‌ی شیشه‌ای نازکش. حالا که نیست دیگر می‌شود آب را قورت‌قورت سرکشید. تُنگ را برمی‌گردانم سرجاش. در یخچال را دَرق می‌بندم. با پشت دست خیسی لب‌ولوچه را می‌گیرم. از زبری ته‌ریش چندشم می‌شود.

وقت نقشه‌کشی حواسم به ته‌ریش نبود. هر چی لازم بود تو ساکم چپانده بودم. از درمانگاه که در رفتم یک‌راست چپیدم تو توالت پارک. سرووضعم غلط‌انداز شد. آمدم تو آینه به خودم لبخند بزنم چشمم افتاد به ته‌ریش جوگندمی. نشد یک‌پارچه قیافه‌ی آدمیزاد به خودم بگیرم. دوست نداشت ریشم دربیاید. می‌گفت بدریخت می‌شوی. خودم بیشتر بدم می‌آمد. می‌گفتم شبیه نکیرومنکری‌ها می‌شوم. نمی‌فهمید. ندیده بود. گوشه‌ی لبش به خنده کج می‌شد. می‌آمدم واسه‌اش بگویم نکیرومنکری چه شکلی‌ست می‌گفت بکش. می‌گفتم بلد نیستم مثل تو خط بکشم. می‌گفت ریشت را که بلدی بتراشی. می‌گفتم بلدم گاهی تنبلی‌ام می‌آید. هی می‌گفت همین حالا بتراش. می‌گفتم چرا پیله می‌کنی. می‌گفت ترسناک می‌شوی. می‌ترساندمش؟

آن شب هم ته‌ریش داشتم. از شبی که تو بار دیدمش تا آن شبِ آخرِ تو تاریک‌خانه چند وقت شد؟ یک هفته؟ بیشتر یا کمتر آن برزخ جوری نبود که به فکر ریش باشم. برزخ نبود. جهنم بود. کابوس‌ها را حساب نمی‌کردم. به دلم بد نمی‌آوردم. می‌گفتم برزخ است. دو سر دارد. دو راه دارد. نداشت. یک راه بیشتر نبود. می‌سوختم. نه عربده‌ام را شنید نه ناله‌ام را. هی ایمیل فرستادم. هی تلفن زدم. هی گفتم باید راه دررویی باشد. هی گفتم جوانی خامی خیال می‌کنی. حرفش یکی بود. همین است که هست. خرمگس هم حرفش یکی بود: خب این همین یعنی ننگ. دیگر مانده بودم وسط. حواسم نبود چه‌طور نکیرومنکری شدم. حواسم هم اگر بود کار از کار گذشته بود. نصفه‌شبی پشت در آپارتمان پیدام شد. کلید را بی‌صدا تو قفل در چرخاندم. آن وقتِ شب خواب بود. خوابش هم که همیشه سنگین بود. احتیاط کردم. پاورچین رفتم. تو تختش نبود. درِ تاریک‌خانه مثل حالا بسته نبود. چراغ رویِ میزش روشن بود. طراحی‌هاش دسته نشده بود. پشت میز خوابش برده بود. دست چپش بالشِ زیر سر شده بود. مچِ دستِ راستش نرم رو شقیقه خمیده بود. کفِ دستِ راستش رو به هوا باز مانده بود. پشت سرش را می‌دیدم. روش به دیوار بود. نمی‌توانستم چشم از باریکه‌ی سفیدِ پشت گردنش بردارم. شانه‌هاش انگار می‌جنبید. خواب بود. یا نبود؟ بو برده بود؟ نفس نمی‌کشیدم. نفس می‌کشید. خرمگس بود؟ بود که دست‌هام بالا رفت. بود که دست‌هام پایین آمد. بود که دست‌هام خفت بیندازد. انگشت‌هام به هم چفت بشود. فشار بدهد. کار را تمام کند. دست‌هام بالا رفت. پایین آمد. خفت نینداخت. خرمگس نبود؟ نبود که انگشت‌هام به هم چفت نشد. دست‌هام شُل شد. انگشت‌هام پوک شد. نگاهم دیگر از رویِ آن باریکه‌ی سفیدِ پشت گردن پریده بود. رفته بود رو آن دو تا دست. همان دستی که بالش بود و نرم بود. همان دستی که نگه‌می‌داشت و خم می‌شد.

خرمگس

البته این که این جلسه‌های روان‌درمانی با این دختره را قبول کردی، کار درستی بود. لازم نبود زیاد توی گوشِت بخوانم تا عقلت سرجایش بیاید. پشت سرِ هم خرابکاری کرده بودی -- از آن شبی که از تاریک‌خانه برگشتی تا وقتی که دیگر روی تخت بیمارستان هوش‌وحواست به جا آمده بود. این مدت کاری به کارت نداشتم چون پاک زده بودی به سیم آخر. برگشتی آپارتمان بی آن که بدانی چی می‌خواهی بگویی یا چی‌کار می‌خواهی بکنی. وقتی دیدی جا تر است و بچه نیست، قاطی کردی و بی نقشه و برنامه رفتی خودت را بیاندازی زیر ماشین. نگفتم آخر مردِ ناحسابی پنجاه سال عمر کردی نفهمیدی که خودکشی هم آدابی دارد؛ بگذریم از این که خودکشی جگری می‌خواهد که تو نداری. نگفتی آن‌وقت شبی توی بزرگراه بعید است که راننده مست یا پیر یا چینی باشد. یارو آن‌قدر دست به فرمانش خوب بود که فقط باد ماشینش تو را پرت کرد. بعدش درمی‌آیی به پلیس می‌گویی که ماشین را دیده‌ای و رفته‌ای جلو و بعدش هم پرسشنامه‌ی افسردگی را جوری پر می‌کنی که بالاترین نمره را بیاوری. با این حساب معلوم است که مرخصت نمی‌کنند. آمد و رفتی دوباره کار دست خودت دادی؛ بعد کس‌وکارت طمع کنند یا بی‌کار باشند بروند دکتر و بیمارستان را سو کنند. این همه روانی توی شهر ولوست؛ عیب و ایرادی هم ندارد. اما یکی که سند و مدرک از خودش باقی بگذارد که توی حالِ خودکشی بوده، معلوم است که می‌تواند دردسرساز باشد. پس با این حساب عقل حکم می‌کرد نشان بدهی که از دوا-درمان فراری نیستی -- آن هم وقتی که درمانگر یک دختر ترگل ورگل باشد. این خانم‌کوچولو البته خانم‌دکترِ کارکشته‌ی سوپرانو نمی‌شود؛ اما هرچه نباشد

گپِ خشک‌وخالی با یک دلبرک در جای خودش غنیمت است. بگذریم که تا این را گفتم، گفتی خفه شو این جای دختر من است. گفتم خب باشد؛ حالا که مردهای جاافتاده میان دخترهای جوان خیلی سوکسه دارند. به حرفم پوزخند زدی و توی آینه‌ی توی دستشویی زل زدی به دور چشم‌هایت که مثل بادکنک بنفش ورغلنبیده بود. دفعه‌ی بعد که دختره آمد، معقول رفتار کردی. البته معلوم بود که هیچ خیال نداشتی سفره‌ی دلت را باز کنی و چیزی بروز بدهی. همین بود که رفع تکلیفی بشود و بگذارند بروی پی کارت. دختره که رفت، گفتم پس بگو آقا فیلش یاد هندوستان کرده یاد عشقِ عهد شبابش افتاده. دختره همچین شباهتی هم به یکتا ندارد. دفعه‌ی اول هم هیچ یاد یکتا نیفتادی. این دفعه‌ی دوم بود که وقتی دختره سمج نگاهت کرد، یک‌هو به خیالت رسید که یکتا دارد نگاهت می‌کند. این هم بعید نیست که این را به من گفتی تا رد گم کنی که یعنی حرف آن دفعه‌ی من حالی به حالی‌ات نکرده. گیرم دختره جوری نگاه کند که یکتا نگاه می‌کرد؛ چه خاصیتی دارد یاد گذشته افتادن؟ بیست و نُه سال گذشته و یکتا دیگر هفت کفن، بلکه هم هفتاد کفن، پوسانده.

راوی

ایوب به بالکن برمی‌گردد. پیش از آن که بنشیند، سرش را بالا می‌گیرد تا نفس بلندی بکشد. شُش‌های دودی راه نمی‌دهند. هوا تا ته نمی‌رود. زیرلب می‌لندد، "به فاکِ فنا!" بالکن به چشمش تنگ‌تر و باریک‌تر از همیشه می‌آید. آنی صدایی نرم و نازک توی سرش می‌پیچد، "It's like a shoebox." خون توی رگ‌هایش حسرت می‌شود و بندبند تنش را می‌سوزاند. برنمی‌گردد. نه صدایش، نه دوازده‌سالگی‌اش. ایوب آورده بودش آپارتمان را ببیند و بگوید می‌پسندد یا نه. جرئت نکرده بود بپرسد دوست دارد با او زندگی کند یا نه. خرمگس گفته بود بچه که اختیارش با خودش نیست. آَن گفته بود حالا دیگر با تو زندگی کند بهتر است؛ دوست ندارد با من بیاید امریکا، پارتنِر من را هم دوست ندارد. ایوب از همان توی فرودگاه هول شده بود. از استانبول تا تورنتو هیچ به این فکر نیفتاده بود نکند پسرش نخواهدش. توی فرودگاه تورنتو وقتی دید کنار آَن پسربچه‌ای باریک و بلند ایستاده، جا خورد. پس قدوقواره‌اش هم مثل پوست سفیدشیری برورویش به آَن رفته! خرمگس درجا و درآن توی گوشش وزوز کرد که عوضش چشم‌وابرویش داد می‌زند که از تخم توست! با تکان بفهمی‌نفهمیِ سر خرمگس را پس زد و به روی آَن و آَدَم خندید. فقط آَن خنده‌اش را با خنده جواب داد. پسرش نگاهش را از نگاه او دزدید. روزی که اینجا آمدند آپارتمان را ببینند، هردوشان پیداناپیدا هم‌دیگر را می‌پاییدند. توی فرودگاه آَن که یک دستش روی شکم بالاآمده‌اش بود، دست دیگرش را روی شانه‌ی آَدَم گذاشت تا پسر پا پیش بگذارد. ایوب پیش رفت اما بغلش نکرد. ترسید پسش بزنند. توی آپارتمان وقتی که

این اتاق و آن اتاق می‌چرخیدند، ترس ایوب بیشتر شد. اگر از آپارتمان خوشش نیاید، معنی‌اش این است که دلش نمی‌خواهد با او باشد. یک‌بند حرف می‌زد تا هول‌وولایش رو نشود. پسر نه ها می‌گفت، نه نه. به بالکن که آمدند، سیگاری گیراند. دود پک اول را که فروداد، صدای نرم و نازک را شنید. به سرفه افتاد. از لابلای دود دید که خنده‌ای روی آن صورت ظریف نشست. صدا باز گفت، "You just smoke here, in this shoebox, Dad" باشدی از گلویش بیرون نیامد. سیگار را زیر پا له کرد. پا پیش گذاشت و سرِ آدمش را به سینه‌اش فشرد.

حالا دلش جوری فشرده می‌شود که نفسش می‌خواهد بند بیاید. می‌داند خرمگس می‌پایدش ببیند عقلش درست کار می‌کند یا نه. دندان روی لب پایینش می‌فشرد. دستی به لبه‌ی میز می‌گیرد و روی صندلی می‌نشیند. با دهان باز هوای ولرم را فرومی‌دهد. با بازدم دست دراز می‌کند سمت ضبط تا به دختر درمانگر برسد.

- .O.K برگردیم به دیروز؟

- دیروز؟ کجا بودیم؟

- اِ، یادتون رفته؟ داشتین از پسرتون حرف می‌زدین. گفتین دانشجوئه. هم‌سال منه؟

- شما یه کم بالای بیست باید باشین؛ اون یه کم پایین‌تر. عقلش اما هیچ به پای عقل شما نمی‌رسه.

- چرا؟ از کجا می‌دونین؟

- دخترا از سن‌شون عاقل‌ترن و شما هم خب دخترین. پسرا دیر عقل‌رس می‌شن و پسر من هم خب... نمی‌دونم چه کوفتی‌یه.

- نمی‌فهمم چی می‌گین...

– خانوم درمانگر آیه نیومده شما همه چی رو بفهمین. من کله‌م داره از درد
می‌ترکه، شما...

– دردکُش می‌خواین براتون بیارم؟

– نه. صبح خوردم.

– پس امروز قرصاتون رو توی توالت نریختین!

– این‌جوری راز آدم رو نگه می‌دارین؟

– به دکترتون که نگفتم. ولی من نمی‌دونم درست بود یا نه.

– چی درست بود؟ این که نگفتین؟

– خب آره. قول دادم. ولی چرا باید راز شما رو نگه‌دارم؟

– واسه این که من راز آدم رو نگه می‌دارم.

– چرا؟

– واسه این که خرمگس این‌جور می‌گه؟

– خرمگس چی هست؟

– خرمگس یه مگس درشته. هی دوروبرِ گوش آدم می‌چرخه وزوز می‌کنه.
گاهی هم اون‌قدر پررو می‌شه که می‌ره تو گوش آدم و باز پرروتر که می‌شه می‌ره و
راست رو مخ آدم می‌شینه.

– ایوب، شما من رو گیج می‌کنین.

– واسه این که خودم هم گیجم خانوم جون. این زخمی که زیر چشمم
می‌بینین، زق زق می‌کنه. اون زخمی که شما نمی‌بینین، تیری می‌کشه که تو
کاسه‌ی سرم هی می‌چرخه و می‌چرخه.

– دیشب قرص خوابتون رو خوردین که بتونین بخوابین؟

– لعنت به قرص خواب و به هر چی خوابه.

- چرا؟ خواب که خوبه...

- خوابی که همه‌ش کابوسه، از زهر مار بدتره. می‌دونین که کابوس چیه؟

- می‌دونم. کابوس شما چی هست؟

- کابوس من؟ کدوم کابوس؟ همین بیداری مگه کابوس نیست، دخترخانوم؟

- اِ پس من تو کابوس شما هستم حالا!

- خب دیگه، باید ببخشید. یه دختر خانوم برازنده‌ای مثل شما جاش تو یه خوابِ طلاییه. این رو از اقبال کج من بدونین که شما رو انداخته تو کابوس من و من رو هم انداخته تو یه همچین جایی.

- امروز کارمون پیش نمی‌ره، ایوب. فقط بگین کابوستون چی بود.

- وقت داره تموم می‌شه؟ باشه. تا بشه می‌گم تا شما دست خالی از این اتاق نرین. شما هم دیگه نه تو حرف من بپرین، نه سوالی بکنین. قبول؟

- O.K.

- تاریک نبود. شد. شد مُرکب. صدا نبود. آمد. شد زمزمه‌ی فرشته‌های عزادارِ تالیس. صدا لابلای مُرکب سُر می‌خورد. موج برمی‌داشت. کنار می‌رفت. برمی‌گشت. دلِ تاریکی تاب خورد. ورم کرد. صدا کُندتر و کم‌زورتر شد. سفیدی بیرون زد. انگار که شیر از پستان سیاه. چکه‌چکه به هم آمد. شکل گرفت. شد گلبرگ. شد گل. شد یاس افریقاییِ درشتی که از رنگ و از بو و از نازکی و تردی برگ‌هاش از گوش‌وهوش بری. شد اون گاردنیای سفیدشیریِ پُرپَر و پُرنازِ تویِ بالکنِ آپارتمانِ آَن تو سانفرانسیسکو. تو مُرکب دستاتو دراز کردی؛ شد آَن. شد تنِ آَنی که شبا پیش از خواب تمرین رقص هندی می‌کرد. هر برگش شد یک جای تنِ آَن. یکی اون پایی که سست می‌خوابید. یکی اون دستی که با کرشمه هوا می‌رفت. اون گردن بلندی که نیم‌چرخی می‌زد. اون کمر باریکی که نرم تو چنبره‌ی بازوهات حبس

می‌شد. تو مُرکب دستاتو دراز کردی؛ شد آدم. شد تن و بدنِ بچه‌ای که با تبش می‌مردی، با خنده‌ش زنده می‌شدی. شد پسری که تو تاریک‌خونه روش رو از تو برگردونده بود. دست چپش رو بالش زیر سرش کرده بود. مچ دست راستش رو روی شقیقه‌ش خمانده بود. کف دست راستش رو رو به هوا باز نگه داشته بود. باریکه‌ی سفیدشیریِ گردنش رو برهنه گذاشته بود. دستاتو دراز نکردی. دستاتو تو مُرکب بالا بردی. مثل اجل معلق پایین کشوندی. دور اون گردن نرم و باریک خفت کردی. چشماتو تو مُرکب بستی و خفت رو اون‌قدر تنگ و سخت کردی تا اون گلوی بی‌صدا بی‌هوا بسته بشه بسته بمونه.

سوم

ایوب

"دَد، توری رو ببند پشه نیاد!" صداش هست. خودش نیست. دستم می‌رود طرف درِ توری. خرمگس به وزوز می‌افتد.

– می‌خوای همسایه‌ها رو خبر کنی بیان تماشا...

محلش نمی‌گذارم. می‌خواهد هرجور شده من را به بگومگو بکشاند. هرجور شده نباید تو این تله بیفتم. بیفتم نمی‌گذارد نقشه‌ام را پیاده کنم. بو که برده پیِ خلاصی‌ام. مجالش بدهم افسارم می‌افتد دستش. از پسش برنمی‌آیم. دستم را پس می‌کشم. توری را نکشم خرمگس ساکت می‌ماند. پشه می‌آید. بیاید. وقتی آدم نیست پشه بیاید. پشت به بالکن پاهام سست می‌شود. رو به اتاق دلم می‌خواهد بترکد. می‌شود این اتاق باشد و آدم نباشد؟ خودش نیست صداش هست. طوری می‌شنومش که انگار آدم روی همین کاناپه‌ی اتاق نشیمن لمیده. صدا توی سرم هست. نه صدای مردانه‌ی آدم نوزده ساله. نه صدای دورگه‌ی پسر چهارده پانزده ساله. صدای هنوز نرم بچه‌ی دوازده ساله. پشه نباید روی آن پوستِ شیریِ برگِ گلش بنشیند. "دَد، چرا پشه تو رو نمی‌زنه؟" چارانگشت تِپ می‌زنم رو پوست چغرمه‌ی صورتم بخندانمش. پا پیش می‌گذارم بروم تو اتاق. سکندری می‌خورم. "دَد، حواست کجاست؟" دولا می‌شوم. مچ پای راستم را با هر دو تا دست می‌گیرم. درد که فروکش کرد لنگ می‌زنم خودم را می‌کشانم رو کاناپه. انگار که جز صداش خودش هم باشد. صورتم را کج‌وکوله می‌کنم خیال کند دارم از درد می‌میرم. انگار که نگران نگاهم می‌کند یک‌هو اخم و نیشم را باز می‌کنم. "اِ، دَد، چه لوسی!

ترسیدم." انگار که هنوز گوشه‌ی کاناپه دوزانو نشسته باشد ولو می‌شوم رو کاناپه بغلش کنم. بغلم خالی می‌ماند. کوسن را برمی‌دارم فشارش می‌دهم رو سینه‌ام. بوی تنِ دوازده سالگی‌اش را نمی‌دهد؟ به پهلو می‌چرخم. دکمه‌ی چراغ پای کاناپه را می‌زنم. چشمم می‌افتد به قاب عکس کنار تلویزیون. عکس را نبرده. هیچ عکسی را نبرده. زل می‌زنم به عکس. مردِ توی عکس دلواپس است. یک کم هم اخم کرده. دست چپش شل روی شانه‌ی چپ زنِ توی عکس افتاده. زن آرام است. یک کم هم می‌خندد. هردو دستش را لَخت روی شکم ورقلمبیده‌اش گذاشته. رو از عکس برمی‌گردانم. می‌گوید من می‌خواهم بزایم تو چرا نگرانی؟ صداش هم بی‌خش است هم خوشحال. بلند می‌گویم "بچه‌ی منه." نیشم تا بناگوشم باز می‌شود. آن اشاره به شکمش می‌کند. سرم را تکان می‌دهم. بلند می‌گویم "باشه. تو شیکم توئه. اما تو که نمی‌خواستی‌ش. می‌خواستی بندازی‌ش." آن غریبه نگاهم می‌کند. یعنی که که چی؟ یواش می‌گویم "که هیچی. خودم قول دادم تا که پسرم به دنیا اومد خودم مادری کنم. همه‌ی کارِش و بارش با من. تو زنِ بیرون، من مردِ خونه. دیگه بازم حرفی داری؟ " آن نرم می‌شود. ریز می‌خندد. نرمه‌ی گوشش را می‌لیسم. بلند می‌گویم "نگران نباش! از پسش برمی‌آم. تو که می‌دونی خود من رو هم آق‌جونی بزرگ کرده. تا حتا خان‌جان هم نه. چه برسه به مادرم." آن سر و تنش را پس می‌کشد. یعنی که این قصه را می‌داند. "I'm the mom of this baby." بلند می‌گویم "بچه‌ی ما اسم داره. آدم." برمی‌گردد طرفم. "That's it. Our baby. I call him Adam." کوسن را می‌کشم روی شکمم. فشارش می‌دهم. دست می‌کشم روی پوست گرم و کِش‌آمده‌ی شکمِ آن. یواش می‌گویم "این جون جیگرم، یکتا پسرم!" صدای خنده‌ی آن بلند می‌شود. "Oh, you're crazy." تنم را سفت می‌چسبانم به تنش. بلند می‌گویم "دارم پسرم رو لوس می‌کنم. آق‌جونی این جوری من رو لوس می‌کرد." با کُنده‌ی آرنجش پَسَم

می‌زند. "I'm not in the mood." غیظم می‌گیرد. برمی‌گردم. دمر می‌خوابم. پیشانی‌ام را به کنج کاناپه می‌چسبانم. از آن بدم می‌آید. حسودی‌ام می‌شود. حالا آدمِ من باید پیش او باشد؟ مادرش است؟ باشد. کی مادری کرد؟ از کارش زد؟ از رفیق گرفتنش زد؟ گفت بچه نمی‌خواهم. گفتم نگه‌داریش با من. گفت برو بچه را بگذار. رفتم هفت سال خودم را گم‌وگور کردم. گفت بیا بچه را بگیر. آمدم آدمم را پیدا کنم. این هفت سال کم از خودم مایه گذاشتم؟ گندِش بزنند. این خرمگس کی دست از وزوز برمی‌دارد؟

خرمگس

خرمگس حرف حساب می‌زند، ایوب. مسخره است که عمری همه‌جوره مایه بگذاری بچه بزرگ کنی بعد ببینی ناخلف و ناجور درآمده. حالا تو بگو ناخلف نیست. ناجور که هست. کارِ آدم ناجور به ناخلفی نمی‌کشد؟ البته که می‌کشد. خودش هم نخواهد، رفقای ناباب می‌کشندش به خرابی. خب این مسخره است دیگر. مسخره‌تر از این هم این است که تو، ایوب، شعورت نمی‌رسد چرا این جور شده. چرا تو؟ چرا بچه‌ی تو باید ناجور از آب دربیاید؟ تو که خیال می‌کنی کم نگذاشتی. تو که می‌گویی هم پدری کردی، هم مادری. تو که قید همه چیز و همه کس را زدی مبادا آب تو دلِ دول‌دولِت تکان بخورد. حالا یک‌هو چشم باز کردی دیدی ای دلِ غافل این مارمولک لام تا کام چیزی بروز نداده. از تو ترسیده؟ نخیر. تو که اظهر من الشمس هست که کلاهت پشم ندارد. آدم حسابت نکرده. یا فوقش گفته بگذار این بابای خرم تو خریت خودش خوش باشد. حالا تو خیال کن که این تخمِ جن مادرش را هم رنگ کرده. گیرم که کرده باشد، مادرش اگر رگ داشت که اَنِ امریکایی نمی‌شد. اما از من بپرسی، مادره بی‌خبر نیست. گفتم بازخواستش کن. خایه‌اش را نداشتی یک کلام حرف بزنی ببینی اصلاً مادره چی می‌داند چی نمی‌داند. نترسیدی که گناه را بیندازد گردن تو. نه، این نبود. ترسیدی بگوید خب که چی. آدم هرجور خودش دلش بخواهد آدم هست. آره، ترسیدی که سرکوفتت بزند که اُملی و از یک خراب‌شده‌ی عقب‌مانده‌ی دنیا آمدی. یادت که نرفته دفعه اول که دیدیش، پرسید آیرن همان‌جاست که شتر دارد! همان وقتش هم غیرت نداشتی جواب دندان‌شکن بهش بدهی. نیشت را باز کردی گفتی شتر هم داریم. خب حالا هم به

جای این که این‌جوری مثل مار به خودت بپیچی، نیشت را باز کن کلاهت را بگذار بالاتر! برو توی خیابان جار بزن، رژه برو! هان، نمی‌شود؟ هر چی هم که سیب‌زمینی باشی، این یک قلم دیگر توی کتت نمی‌رود؟ درست است؟ پس بسوز و بمیر! مرگ آسان نیست. دل می‌خواهد. اما کار را آسان می‌کند. هم خودت را می‌برد زیر خاک، هم ننگِ روی پیشانی‌ات را می‌پوشاند. می‌بینی که دارم پا به پایت با تو راه می‌آیم. بالاخره باید با هم بسازیم دیگر. خب من هنوز هم می‌گویم که خون ننگ را می‌شوید. تو خایه‌اش را نداشتی، پس لاپوشانی کن. حالا این‌طور دست دست می‌کنی که چه بشود؟ مرد باش قبول کن که خودت هم مقصری. از همان اولش جوری با این بچه رفتار کردی که نرم و نازک از آب درآمد. حالا بگو آق‌جونی به من از گل نازک‌تر نگفت. خب آن جد خدابیامرزت هم اگر زن‌ذلیل نبود که نمی‌گذاشت آن جده‌ی سرتقت یک عمر ازش سواری بگیرد. اصلاً همین آق‌جونی تو را عین خودش مربای آلو بار آورد. حالا زن‌ذلیل بودی، سرت را بخورد؛ دیگر چرا بچه‌ذلیل شدی؟ گفتم این بچه را مرد بار بیاور؛ گفتی وقت این حرف‌ها گذشته. گفتم نمی‌خواهد ورزش رزمی یاد بگیرد، دستِ کم بگذارش هاکی بازی کند. تاریک‌خانه برایش درست کردی، مثل بابا ننه‌اش عکاس شود. چی شد؟ صبح تا شب یا زل زد به کامپیوتر یا خط کشید. گفتم ببین چه مرگش هست که هیچ از دختربازی چیزی بروز نمی‌دهد. شانه بالا انداختی که لابد وقتش نشده؛ گلوش که گیر کرد، خودش مُقر می‌آید. آخرش مُقر آمد، اما چی را؟

راوی

ایوب بالش را از زیر شکمش بیرون می‌کشد، پرت می‌کند. صورتش را تا می‌شود در سه‌کنج کاناپه پنهان می‌کند. کف دست‌هایش را روی دو گوشش می‌فشارد. هم آن باید برود، هم خرمگس، هم همه. همه بروند و آدمش بیاید. نه آن آدمی که توی بار دیدش و توی رویش ایستاد. نه حتا آن آدمی که توی فرودگاه دیدش و دل‌به‌شک نگاهش کرد. آن آدمی که یکتا پسرش بود؛ پاره‌ی تنش بود؛ پنج سال شب و روز و روز و شب دلواپسش بود مبادا آخ بگوید. چشم‌هایش را بسته است تا آدمِ پنج‌ساله‌اش بیاید. بیاید و یک آن هم که شده سیاهیِ پشت پلک‌های بسته‌اش را روشن کند. بیاید و تن کوچک و گرمش را توی بغل سرد و خالی ایوب بچپاند؛ دو دست نازکش را دور گردن ایوب حلقه کند؛ پوست سفیدشیری رویِ برگِ گلش را روی پوست گندمی صورت زبر ایوب بکشاند. بیاید و سر روی سینه‌ی ایوب جوری خوابش ببرد که ایوب سر روی سینه‌ی آق‌جونی خوابش می‌برد.

نه سیاهی روشن می‌شود، نه آدم می‌آید. ایوب چرخی می‌زند. چشم‌هایش را باز می‌کند. بلند می‌شود به بالکن می‌رود. نخِ سیگاری از پاکت سیگار بیرون می‌کشد و دکمه‌ی ضبط را می‌زند.

- O.K. اگه حالا دوست ندارین از پسرتون بگین، از پدر و مادرتون حرف بزنین.

- پدر و مادرم؟ هوم! پدر و مادری نبود.

- شما گیجم می‌کنین، ایوب.

- سوپرانو بیشتر ببینین خانوم درمانگر! این سریال‌ها رو که بی‌خود نمی‌سازن.

- دوست ندارین امروز هم‌کاری کنین، نکنین! با من شوخی هم نکنین!

- شوخی نبود، دختر خانوم.

- sorry، پس تروما...

- تند نرین خانوم درمانگر. ساری ساری هم نکنین. مگه نگفتین که چون فارسی بلدین، سراغ من اومدین. اگه هی سوال‌پیچم کنین، مُخم چپ‌اندرقیچی می‌ره.

- چی؟

- هیچی. اگه فقط گوش کنین، سرِ آخر یه چیزی دستگیرتون می‌شه واسه گزارش‌تون. هی دنبال این باشین که معنی هر چی من می‌گم رو بفهمین آخرش هیچی نمی‌فهمین.

- .O.K دهنم رو بسته نگه‌می‌دارم.

- گفتم پدر و مادری نبود. جفت‌شان بودند. منتها روی تاقچه‌ی اتاق. اگه هم از اون دوتا عکس روی تاقچه غافل می‌شدم، آق‌جونی و خان‌جان یادم می‌آوردن. حالا چون شما دخترخانومِ درمانگر خوبی هستین، من جبران می‌کنم. تا بشه داستان رو کوتاه می‌کنم. جوری که راحت بتونین از دهن من بشنوین و تو پرونده‌م بیارین. آره، باید از دلی‌جون شروع کنم که می‌گفتن مادرم بوده. واسه‌ی همین خان‌جان، یعنی مادربزرگ دلی‌جون، عکسش رو رو تاقچه گذاشته بود. گذاشته بود من یادم نره همچین خانوم خوشگل و ترگل‌ورگلی مادرمه. آق‌جونی، یعنی پدربزرگ دلی‌جون، فراش مدرسه بود. اما این طور که هم پیدا بود و هم خان‌جان هی می‌گفت، بس که خوش‌قدوقامت و خوش بَرورو بود، خان‌جان قید شوهر پولدار و اسم‌ورسم دار را زده بود و شده بود زن آق‌جونی. بچه‌های خان‌جان و آق‌جونی همه نوزاد از دنیا رفتن

جز یه دختر که اسمش شد دلبر. پونزده شونزده سالش که شد دادنش به یه آقا معلم مدرسه‌ی آق‌جونی. این دلبرخانوم، یعنی مادربزرگی که هیچ ندیدمش، انگار مث مادرش عاشق شده بود. چاره‌ای نبود جز این که زود دستش رو بذارن تو دست آقا معلم تا هردو راهیِ شیراز بشن. مادر من، دلارام خانوم، اونجا دور از چشم فک‌وفامیل فضول خان‌جان به دنیا اومد. دلارام خانوم که خودش همیشه دوست داشت بگه من میوه‌ی عشقم تا بعدش غش‌غش بخنده، زود شد دلی‌جونِ همه. دلی‌جون هم مث مادرش تک موند. وقتی دلی‌جون پونزده شونزده سالش می‌شه، فولکس قورباغه‌ای پدرش تو جاده می‌ره زیر کامیون. پدرش این طور که خودش می‌گفته کلی زور زده بود پس‌انداز کرده بود ماشین‌دار بشه. ماشین رو که خرید راه افتادن برن تهرون. دلی‌جون بهونه‌ی درس و مشق می‌آره نمی‌ره. بعد که یه‌هو و یه‌جا بی‌پدر و بی‌مادر می‌شه، راهشو می‌کشه می‌آد تهرون پیش آق‌جونی و خان‌جان. بعدم خان‌جان که می‌بینه از پس دلی‌جون برنمی‌آد، یه خواسه‌گار براش پیدا می‌کنه که دهن همه رو می‌بنده. دلی‌جون می‌شه زن یه سرتیپ ژاندارمری سن‌وسال‌دار که به هر ساز دلی‌جون می‌رقصه. من که تو باغ کرایه‌ای تجریش به دنیا می‌آم، به دلی‌جون خبر می‌رسه که سرتیپ تو چاه‌بهار تیر خورده مرده. دلی‌جون بچه به بغل برمی‌گرده خونه‌ی آق‌جونی و خان‌جان تو کوچه آبشورِ خیابونِ ری. تو این خونه سرتیپ عکس می‌شه می‌ره سر تاقچه‌ی اتاق مهمونی تا خان‌جان هی پُز داماد جناب سرهنگش رو بده و آق‌جونی هم هی بپره تو حرفش که، سرتیپ بود خدا بیامرز. بعدِ سالِ سرتیپ دلی‌جون بچه‌ی تازه از شیر گرفته رو می‌گذاره تو دامن خان‌جان و هی به شیراز تا برسه به وصال یه کاکوی شیرازی که حرفش خان‌جان رو به جلزوولز می‌نداخت. یکی دو سالی از دلی‌جون خبری نمی‌شه تا خبر می‌آد که کاکو دلی‌جون رو ول کرده و دلی‌جون هم شده زن یه آنتیک‌فروش پولدار. خان‌جان عکس دلی‌جون رو هم

می‌ذاره کنار عکس جناب سرهنگش. از این به بعدش گاهی‌گداری دلی‌جون و شوهرش راهی تهرون می‌شن تا آقا خرید و فروشش رو بکنه و دلی‌جون هم یه سری به ما بزنه. هنوز بوی انقلاب بلند نشده، دلی‌جون همراه شوهرش می‌ره امریکا. بعدش‌م "آنتیک‌فروش مشکوک" مشکوک می‌میره. باز بعدش‌م بچه‌هاش از زنِ اولش سهم دلی‌جون رو بالا می‌کشن. این‌دفه دلی‌جون زن یه "امریکایی جاافتاده" می‌شه. بعدش‌م شوهر امریکایی می‌میره و دلی‌جون آلزایمری می‌شه. حالام تا جایی که من خبردارم باید تو خونه‌ی سالمندان باشه. یعنی تا حالا که کارت کریسمس سالانه‌ی من برگشت نخورده. خبری هم بِهِم نرسیده.

- پس مادرتون رو نمی‌دیدین...

- تا تهران بودم که دلی‌جون سرِ تاقچه‌ی اتاق مهمونی خان‌جان بود. دائم می‌دیدمش. بعد که هی این در و اون در می‌زدم از ایران بیام بیرون، براش نوشتم یه کاری کنه که کرد. از امریکا که سر درآوردم، اولش رفتم .L.A سراغش. اونجا دیدمش. کُشتیارم شد بمونم. نموندم. نه طاقت اون شهر رو داشتم، نه طاقت دیدن آنتیک‌فروش رو. بعدِ یه ماه رفتم دیدمش گفتم می‌خوام برم سانفرانسیسکو. اشکش درآمد خط انداخت روی لُپای پودرزده‌ش. دستمال دادم دستش. خندید. نِگام کرد. جوری نِگام کرد که قدیما وقتی گاهی‌گداری می‌آمد ما رو ببینه، نِگام می‌کرد. تو چشماش اشک، رو لبش خنده. مث همون وقتا بی حرف درِ کیفشو باز کرد. اون وقتا همیشه از تو کیف یه اسباب‌بازی، چیزی، بیرون می‌آورد که فکرشو نمی‌کردم. اون روز تو اون رستوران خالی و تاریک آینه از کیفش درآورد توالتشو درست کنه. این دفه‌ی آخری بود که دیدمش. پسرم که دنیا اومد و اومدیم تورنتو، بس که زنم اصرار کرد، عکس بچه رو براش فرستادم. گاهی هم باز به اصرار اَن زنگی می‌زدم. بعد که به زور اَن از تورنتو رفتم ترکیه، باز یکی دو باری بهش تلفن زدم. دوباره که

برگشتم تورنتو تا با پسرم زندگی کنم، خبر آمد که دلی جون آلزایمر گرفته و بُردَنِش خونه‌ی سالمندان دولتی.

چهارم

ایوب

چه زود شعله‌ی شمعش کوچک و کمرنگ شد! یا نکند من از بزدلی دارم زیادی کشش می‌دهم؟ هی می‌پلکم که چی بشود؟ که یک‌هو در را بشکنند بیایند تو که حالا آرتیستی نمیر بگذار ما ببریمت کنج تیمارستان مفلوک بمیر؟ که پسر شاخ شمشادم خواب‌نما بشود برگردد بیاید بگوید sorry, dad, you're right, I'm wrong؟ که خودم بی‌خیال بشوم که از شب بار تا حالا چی شد چی نشد؟ شب بار را ندید بگیرم شب تاریک‌خانه را چی کار کنم؟ تازه مگر این خرمگس می‌گذارد شب بار را ندید بگیرم؟ مگر خودم می‌توانم شب تاریک‌خانه را ندید بگیرم؟ مگرخود آدم می‌تواند هم شب بار و هم شب تاریک‌خانه را ندید بگیرد؟ بی‌خود نبود هرکار کردم بِهِم بگوید بابا نشد شدم دَد. دد نبودم کله‌ی یکتا پسرم را نمی‌کوبیدم به دیوار. دد نبودم نصفه‌شبی نمی‌رفتم بالا سرش نفله‌اش کنم. آره. دد بودم. بابا نبودم.

- اگه تو بابا نبودی، اونم پسر نبود.

حالا این خرمگس ریشخندم می‌کند که بیشتر بسوزم. نه این که دلش برای من بسوزد. پسر نبود؟ چی بود؟ چی هست؟ هی توی کاسه‌ی سرم چرخید وزوز کرد کونی کونی کونی. به حرفش گوش می‌کردم آدم را می‌کشتم درد من دوا می‌شد یا خرمگس حق‌به‌جانب می‌شد؟ یک عمر بکن‌نکن کرده بسش نیست. من دیگر بَسَم است. نمی‌توانم این خرمگس کوفتی را از تو کاسه‌ی سرم بیرون بکشم. کاسه‌ی سرم را که می‌توانم بشکنم. نمی‌توانم؟ باید بتوانم. آمدم که بتوانم. آمدم اینجا که ببینم آدم

نیست خرمگس هست. ببینم آدم نیست تاریک‌خانه هست. ببینم آدم نیست شمعش به پت پت افتاده.

نباید خاموش بشود. هنوز نباید. نباشم نبینم شمعش خاموش باشد. تو اتاقش باید باز هم شمع نیم‌سوخته پیدا بشود. بوی گاردنیا هم هنوز هست؟ در اتاقش را ببندم بو بماند؟ کدام بو؟ بوی گل؟ کدام گل؟ برویم یک گلدان بزرگ گاردنیا بخریم بگذاریم توی بالکن پسر؟ شمعش را روشن می‌کند. بو می‌کند. می‌خندد. "واسه‌ی خودت گلدون بخر، دد، واسه‌ی من شمع." مگر این گل را دوست نداری؟ بلند می‌خندد. "مام گاردنیا دوست داره. من بوی گاردنیا رو دوست دارم. دد مام رو دوست داره؟" دد آدم را دوست دارد. این را همان وقت گفتم یا وقت دیگر؟ بغلش کردم گفتم کشتی بگیریم. کشتی دوست نداشت. پَسَم زد. نفهمیدم.

پرده‌ی درِ بین اتاق و تاریک‌خانه را کیپ تا کیپ کشیده که چی بشود؟ اتاق‌خوابش تاریک بماند؟ کلید چراغ را می‌زنم. نور چشمم را می‌زند. بزند کورم کند. کوری از نور بهتر است تا کوری از تاریکی. پای میزِ پاتختی تا دستم می‌رود طرف شمع پاهام سست می‌شود. بی‌هوا لبه‌ی تختش می‌نشینم. یادم رفته تختش نباید به هم بخورد؟ ننشسته بلندم می‌کرد روتختی را دوباره صاف‌وصوف کند. می‌گفتم مثل دخترخانم‌های وسواسی شدی پسر. زل می‌زد تو تخم چشم‌هام می‌گفت what's wrong with that, dad? نفهمیدم. بس که خر بودم. خرمگس از من خرتر. هی سیخ می‌زد چرا این پسره از خودش جربزه نشان نمی‌دهد. بس که پیله کرد گفتم بروم بگذارم آدمم تنها بشود خلوت داشته باشد. خرمگس هم پشتبندش آمد که با هم تو یک خانه باشید خودت هم از مردی می‌افتی. باز دوباره مثل آن وقتی که تو استانبول بودم افتادم پی خانم‌بازی. ازش غافل شدم؟

- اون وقتی هم که هرشب اینجا می‌خوابیدی، سر از کار این مارمولک درنیاوردی!

حرف خرمگس جواب ندارد. خودِ خرش که این قدر پرمدعاست فهمید که من بفهمم؟ پیله می‌کرد که این پسر چرا دوست دختر نمی‌گیرد. سیخ می‌زد کاری کن خجالتش بریزد. دیگر تا اینجاش را نه خرمگس خوانده بود نه من. یکی از یکی بی‌شعورتر. فرق فقط این بود که من یاد گرفته بودم پیش روی مردم بگویم "گِی" خرمگس تو گوش من می‌گفت "کونی". عقل این خرمگسِ خر به چشم و گوشش است. آدم نه گوشواره داشت نه عوروادا. حرفی هم که بروز نمی‌داد. خودم چی؟ من هم که هی چسی می‌آیم بیشتر از خرمگس می‌فهمم چی؟ بو بردم آدمم کی هست کی نیست؟ هیچ شک برم داشت نکند همه چیز را به من نگوید؟ هیچ به خواب می‌دیدم یکتا پسرم به سن مردی برسد و مرد نباشد؟

- به وقتش می‌فهمیدی، نصیحتش می‌کردی. اَقلِ کم کون‌کُن باشه نه کون‌دِه.

وزوز خرمگس مُخم را سوراخ سوراخ می‌کند. این دست‌های صاحب‌مرده‌ی من اگر این طور نمی‌لرزیدند خرمگس را خوردوخمیرش می‌کردم. گندَم بزنند. نه از این جانور خلاصی دارم نه از این دست‌های شل‌وول لعنتی.

خرمگس

شب تاریک‌خانه اگر این دست‌های شل‌وولِ بی‌خاصیت لقوه نمی‌گرفتند، ایوب، خلاص شده بودی. هم خودت، هم پسر ناخلف و ناجورت. کی توی کله‌ی پوکت فرو می‌رود که کار از کار گذشته؟ آدمت از دستت رفته، ایوب. تا کی می‌خواهی خودت را به خریت بزنی؟ اصلاً کی این آدم با تو بود که حالا عزا گرفتی که نیست! هی بگو هم پدر بودی، هم مادر. اگر بودی، ازت حساب می‌برد. یا نه، حساب هم نمی‌برد؛ آدم حسابت می‌کرد، راه و چاه ازت می‌پرسید. یا نه، کمِ کمش این‌طور فیلمت نمی‌کرد. کجا تو پدر بودی؟ یا لله بودی یا دستگاه خودپرداز. کجا تو مادر بودی؟ اگر بودی، حالا پیش تو بود، نه آن سر دنیا، پیش کسی که کارش و پایین‌تنه‌اش را بیشتر از پسرش دوست داشت. بیچاره، بچه را تو بزرگ کردی، آن اَن صاحب شد. آن چند سالی هم که تو را دک کرد و بچه را به تو نداد، خرجش را که از تو گرفت. هر شل‌کن سفت‌کنی که کرد، کوتاه آمدی. حالا بخور! تو شدی بابا بَده، اَن شد مامان خوبه. چرا؟ نه، تو نگو چرا. بگذار من بگویم. چرایش این است که تو خایه نداری. هر کی هر وقت دلش بخواهد، می‌پرد روی کولت. حالا هم پس چشمت کور، دنده‌ات نرم، حقت است که هر کس و ناکسی بپرد روی کول پسرت و جیکت هم در نیاید. سزای آدم بی‌غیرت جز این نمی‌تواند باشد. اگر آن وقتی که این زن یک‌کاره تو رویت ایستاد و گفت برو پی کارت، حقش را کف دستش می‌گذاشتی؛ حالا این‌طور نمی‌شد که آقازاده نه فکر آبروی تو را بکند، نه فکر عاقبت خودش را. گیر از خودت هست، ایوب. جربزه نداری، ادای متجددها را در می‌آوری

رد گم کنی. بگذریم از این که این تمدن و تجدد هم تهش باد می‌دهد. نه این‌که بگویم برگردیم به عصر حجر. نه. حرفم ساده است. از عقل و حساب آب می‌خورد. می‌گویم باید قاعده و قانونی باشد؛ حد و حرمتی باشد. نباشد، سنگ روی سنگ بند نمی‌شود. هرکی هرکی می‌شود. نظم دنیا به هم می‌خورد. انصاف است آن راه خودش را برود؛ آدم کار خودش را بکند؛ آن وقت تو این‌طور دست خالی و بی‌آبرو وابمانی؟ انصاف بود دلی‌جون سر آن سرتیپِ بخت‌برگشته را شیره بمالد؛ بچه‌ی بی‌پدر را بیندازد توی دامن یک پیرزن؛ برود پی دادن به غریبان؟ نیست دیگر. نبود دیگر. اما این هم انصاف نبوده و نیست که همه‌اش را بیندازی گردن دیگران. این‌طور نگو زور فلانی زیاد بود، ازش خوردم. بگو من زورم کم بود، کم آوردم.

راوی

ایوب شوریِ خونِ لب‌گزه را فرو می‌دهد. بلند می‌شود. شمع نیم‌سوخته‌ی دیگری را از روی میز پاتختی برمی‌دارد. بو می‌کند مطمئن شود. دودل می‌شود. شامه‌اش از کار افتاده، یا بوی شمع پریده؟ آدم اگر بود و شکش را می‌دید، سر به سرش می‌گذاشت که بو نمی‌فهمد. دلخور نمی‌شد. خوشش هم می‌آمد که با آدمش آن قدر خودمانی است که انگار هم‌سن‌وسالند. برای این که بیشتر به خنده و شوخی او میدان بدهد، اَلکی اخمی به پیشانی می‌انداخت و می‌افتاد روی دورِ دلیل و مدرک آوردن. اگر بو سرش نمی‌شد، کی هی از این فروشگاه به آن فروشگاه پی شمع خوشبو برای یکتاپسرش می‌گشت؟ کی یک وقتی پادویِ خریدِ گاردنیا برای مادرِ یکتاپسرش بود؟ از این‌ها بالاتر، کی از بوی گاردنیا مست و ملنگ می‌شد؟ خنده‌ی آدم به هوا می‌رفت. از بوی گاردنیا یا از بوی مام؟ خودش بروز داده بود. هم خواسته، هم ناخواسته. اولش از دهنش پریده بود. بعد پیش خودش فکر کرده بود این‌جوری می‌شود باب حرف‌های مردانه را با پسرش باز کند. ایوب وقتی به آن رسیده بود، صفرکیلومتر نبود. هم با یکتا عشق‌وعاشقی‌ها کرده بود، هم بعدِ یکتا تک‌وتوکی تک‌پران به تورش خورده بود. آن اما از جنس و جنم دیگری بود. ایوب تا نزدیکش می‌شد، سست می‌شد. یک چیزی انگار از زیر پوست سفیدشیری‌اش، از خم‌وچم نرم تنش، از ناز و کرشمه‌ی ژست‌هایش بیرون می‌زد و راست می‌آمد می‌خورد به ایوب تا حالی به حالی‌اش کند. ایوب چند پر گلبرگِ گاردنیا می‌ریخت لای شکاف دو پستان آن؛ بو می‌کشید می‌گفت تو من را مست می‌کنی، آن. آن می‌خندید

می‌گفت بوی گاردنیا مستی می‌آورد. ایوب از آدم پرسیده بود نطفه‌ات با بوی گل گاردنیا بسته شده، چرا پی بوی مصنوعی هستی؟ برنگشته بود نگاهش کند. سری تکان داده بود؛ شانه‌ای بالا انداخته بود؛ ساکت مانده بود. ایوب نفهمیده بود. حالا هم نمی‌فهمد. هنوز هم نمی‌فهمد. لبش را جوری می‌گزد که باز شوری خون را روی زبانش بچشد. از اتاق بیرون می‌رود. شمع خاموش کنارِ در تاریک‌خانه را برمی‌دارد. شمعی روشن جایش می‌گذارد. به ایوان می‌رود. روی صندلی می‌نشیند. ضبط را روشن می‌کند.

ـ گفتین اون روز به مادرِ پسرتون زنگ زدین از پسرتون خبر بگیرین. کی ازش جدا شدین؟

ـ قضیه مال عهد بوقه، خانوم درمانگر. شما حوصله دارین، من درد.

ـ قرص درد رو نخوردین مگه؟

ـ حساب این رو هم باید به شما پس بدم؟

ـ خب اگه درد دارین باید قرص بخورین. این قرص و این آب. نمی‌خواین قرار امروز رو کنسل کنین که؟ اگه این کاررو بکنین برای من بد می‌شه. می‌دونین که من تو probationام. sorry. نه، این رو نگم. یادم هست شما گفتین اگه زیاد اینگیلیسی وسط فارسی بپرونم، اعصاب‌تون یه چیزی می‌شه. چی بود؟ آهان. یه کم صبر کنین یادم می‌آد. گفتین خط‌خطی می‌شه، مگه نه؟ یه کم خنده‌داره، ولی من خوشم می‌یاد. دوست دارم با شما حرف بزنم. شما دوست ندارین با من حرف بزنین؟ نگین نه دیگه. از هر جایی که دوست دارین شروع کنین.

ـ که به کجا برسیم دختر خانوم؟

ـ به همین‌جا که حالا هستین دیگه...

ـ یعنی ته خط؟ باشه. اما ته خط جاییه که آدم نه راه پیش داره، نه راه پس.

- می‌تونه که نگاه کنه.

- گیرم نگاه کنه، چیزی عایدش نمی‌شه.

- اگه نگاه کنه و راهی ببینه چی؟

- شما معنی ته خط رو نمی‌دونی دختر خانوم. آره، وقتی آدم به ته خط می‌رسه، می‌خواد که پشت سرش رو نگاه کنه، پی سرِ خط بگرده. خوب که نگاه کنه، می‌بینه این خطی که حالا به ته‌اش رسیده، نه یه سر، که هزار تا سر داشته. هر سر هم خودش انگار ته یه سر دیگه بوده و این خط‌ها رو هی می‌گیری و هی می‌جوری و هی گره رو گوریده‌تر می‌کنی تا جونت بالا بیاد و خلاص بشی.

- شما سخت حرف می‌زنین، ایوب؛ یا خب من سخت می‌فهمم.

- باشه. از همون اَن می‌گم که شما می‌خواستین. چه‌طوری ازش جدا شدم. کنده شدم. یا چه‌طوری اَن ازم کنده شد. جدا شد. یا نشد؟

- اَن رو یه جوری می‌گید که...

- آره، یه جوری می‌گم که چند جور بفهمین. خودش هم آخری‌ها این طوری می‌فهمید. دلخور می‌شد، می‌گفت این جوری که صدام می‌کنی، یعنی اینگیلیسی حرف می‌زنی، فارسی فکر می‌کنی. همون روزای اول آشنایی‌مون که با درس فحش‌های فارسی حال می‌کردیم، معنی اسمش‌رو تو فارسی فهمیده بود. اون وقت‌ها بهش برنمی‌خورد. می‌خندید. بهش می‌گفتم با عشق می‌گم اَن، با عشق‌تر می‌گم اَنی، با عشق‌ترین می‌گم اَنی جونی.

- پس خیلی عاشقش بودین.

- عاشقش بودم؟ نمی‌دونم. گمون نکنم. می‌دیدمش تب می‌کردم. نمی‌دیدمش بی‌خیالش بودم. خودش هم این رو می‌دونست. یعنی اگه اول‌ها نمی‌دونست، آخرها

می‌دونست. واسه همین خودش هم به این راه حل رسیده بود که من باید اون قدر دور باشم که هیچ نبینمش.

- راه حلِ چی؟

- خانوم درمانگر، اگه هی تو حرفم بپرین، قاطی می‌کنم. قاطی که می‌دونین چیه؟

- اوهوم.

- خب پس زبون به دهن بگیرین، یعنی هیچی نگین تا من قصه رو کوتاه کنم. هم قصه پیش‌پاافتاده‌است، هم اون گره‌ای که شما پی‌اش می‌گردین، تو این قصه نیست. اما حالا که تا اینجا من رو کشوندین، دیگه گوش بدین. من همون سال اولی که پام به امریکا رسید، با اَن آشنا شدم. گمونم هشتاد و شش-هفت بود. یه هفت سالی از اون سال لعنتی ۵۷ گذشته بود. ته‌مونده‌ی پول فروش خونه‌ی خان‌جان که به نام من کرده بود، رفت تو جیب قاچاقچی تا به جای جبهه سر از آنکارا در بیارم. از اینجا به بعدش کار دلی‌جون بود که خیلی سال بود می‌خواست من رو بکشونه به امریکا. تا رسیدم، درجا آب پاکی رو رو دست دلی‌جون ریختم که خیال ندارم برم زیر چتر شوهرننه‌ی آنتیک‌فروش. پی کار می‌گشتم که سر از استودیوی اَن درآوردم. عشقش عکاسی فیلم بود و واسه پول درآوردن عکاسی باز کرده بود. گفتم دو سالی دانشگاه رفتم، عکاسی خوندم. گفت به درد نمی‌خوره، کارهات رو بیار. بردم دید گفت بیا کار کن. گفتم اینگیلیسی خوب بلد نیستم. گفت یادت می‌دم. خیلی چیزهای دیگه هم یادم داد. شکمش که بالا آمد، گفت بچه رو می‌ندازه. گفتم بچه رو می‌خوام، بیا زن و شوهر بشیم. گفت باشه به شرط این که تو و بچه سد راه کارم نباشین. گفتم باشه. آدم که دنیا اومد، گفت بریم تورنتو اونجا پیشنهاد کار واسه فیلم دارم. گفتم بریم. سال اول و دوم نشستم تو خونه بچه‌داری. سال سوم گفتم حالا دیگه

وقتشه که من هم برم دنبال کاری که دوست دارم. دوست داشتم عکاس روزنامه باشم. اَن پول خوب در می‌آورد. واسه بچه پرستار پاره‌وقت گرفتیم. من هم افتادم به این در و اون در زدن، یه جاپایی واسه‌ی خودم درست کنم، اینجا و اونجا کانال بزنم. داشتم به یه جاهایی می‌رسیدم انگار که باز بند پاره شد. حالا آدم شده بود پنج ساله. نصفه‌شب گفت نخواب، باهات حرف دارم. گفتم باشه بعد. گفت نمی‌شه. گفتم باشه بعد. گفت نمی‌شه. بعد یعنی روز و روزهم وقت کاره. گفتم حالا وقت خوابه. گفت حالا وقتشه که جدا شیم. گفتم یعنی چی. گفت یعنی طلاق. گفتم من بی تو و بی بچه‌م چی کار کنم؟ گفت بچه با من. دادگاه هم که بری همین رو می‌گه. گفتم بی تو چی کار کنم؟ گفت برو یه جایی، برگرد امریکا، یا برو ایران، یا برو استانبول که آشنا داری کار کن، برو جایی که من رو نبینی؛ من رو نبینی، عشقت می‌پره. بی‌راه نمی‌گفت. اولش خب تو کتم نمی‌رفت. هی حرف بچه‌رو پیش می‌کشیدم، هی نازش‌رو می‌خریدم، هی داد و بی‌داد می‌کردم که می‌زنم می‌کشمت ها. بعدش یه شب با یه بلیتِ استانبول اومد سراغم، گفت بابای آدم سفر باشه بهتره تا زندان باشه. نمی‌دونم از حرف حساب آن بود یا از وحشتی که از خودم کرده بودم. هم سر و صورتم رو تو سینه‌ش فرو بردم، هم بلیت رو از دستش گرفتم. خوابش که برد، رفتم تو اتاق نشیمن روی کاناپه ولو شدم. تو تاریکی زل زده بودم نمی‌دونم به کجا که دیدم در اتاق آدم باز شد. نور چراغ‌خواب اتاقش پیش روم رو روشن کرد. بچه همین‌جور خواب‌الو اومد و خودش رو تو بغلم جا داد. تا تو بغلم خوابش ببره، دیگه ترسم ریخته بود. خاطرجمع شدم خرمگس نمی‌تونه خرم کنه. انگار اون گرمی و نرمی تن و بدنش همون گرمی و نرمی تن و بدن مادرش بود. خوابش که سنگین شد، بردمش خوابوندمش کنار مادرش، از خونه زدم بیرون.

پنجم

ایوب

پاکت خالی سیگارِ تو مشتم را هی بیشتر فشار می‌دهم. انگشت‌های صاحب‌مرده‌ام هی کم‌زورتر می‌شوند. این انگشت‌ها اگر این جور وارفته نبودند چی می‌شد؟ شبِ تاریک‌خانه چی به سرم می‌آمد؟ خرمگس مُخم را خورده بود یا هرچی همین بی‌زوریِ انگشت و دست بود که فرمان نبرد؟ فرمان می‌برد که آدم از دست می‌رفت. فرمان می‌برد که خرمگس پروار می‌شد. فرمان می‌برد که به درکِ اسفل السافلین پرت می‌شدم. تهِ سقوط آزادِ امشب جهنم نیست. خلاصیِ آدم از دست ایوب است. خلاصیِ ایوب از دست خرمگس است. دست و انگشت پرزور نمی‌خواهد. حالا خرمگس بگوید خایه می‌خواهد. پرت هم نمی‌گوید. خودم هم نمی‌دانم چند مرده حلاجم. خفه‌خون بگیرم بهتر است. دود به بادکنک‌هام بدهم بهترتر. حالا سیگار از کدام گورم بیاورم؟ تو گنجه‌ی آن اتاق صاحب‌مرده باید باشد. پس این یکی درِ بسته هم باید باز بشود. بشود. باکی نیست. بازش می‌کنم جناب خرمگس. درِ اتاق آدم که باز شده. در اتاق ایوب را هم باز می‌کنم. دست‌گرمی می‌شود برای شکستن آن شاخِ آخر. پسرِ پدرِ هیچ‌وقت‌ندیده‌ام نیستم اگر امشب در تاریک‌خانه را باز نکنم. گاماس گاماس حضرت خرمگس. دستگیره را بچرخانم. کلید چراغ را بزنم. حالا بوی هوای مانده را بالا می‌کشم. خوب چشم‌هام را باز می‌کنم. کهنگیِ تخت و روتختیِ بیرون آمده از انباریِ آن تو چشم می‌خورد. گوش‌هام هم باز می‌شوند. "واسه من نو می‌خری، دَد، واسه خودت‌م بخر!" صدای آدمم چه صاف بود هنوز! من نو می‌خواهم چی کار گل‌پسر! تازه این‌ها یادگار دوره‌ی ماه عسل با مادرت است. اتاق

یکتاپسر من باید سرتاسرش نونوار باشد. خرمگس وزوزش را کوک می‌کرد، "تُند تُند ویزا بکش، لی‌لی به لالای این تخمِ دوزرده‌ت بذار تا خیال کنه پسر اتول‌خان رشتی‌یه. از کجا می‌خوای این قرض‌وقوله‌ها رو پس بدی آخر؟" کار می‌کنم. کارِ گِل. می‌شوم آقای فوتویِ عروسی وعزا. شاه‌پسرم خوب بچگی کند. خواب‌وخیالِ فوتوژورنالیستِ نامدار برود به فاکِ فنا! خودم هیچ گُهی نشدم به درک! آدمم کسی بشود. خرمگس نیش می‌زد، "روغن ریخته نذر امامزاده می‌کنی. تو اگه قرار بود گهی بشی، تا حالا دیگه شده بودی." حرف حساب جواب ندارد. خفه‌خون بگیرم بهتر است. دود هوا کنم بهترترترتر.

کشوی گنجه بس که باز نشده راه نمی‌دهد بی‌پیر! هرچی تیرتخته‌ی عتیقه تو انباریِ اَن بود کشیدم آوردم اینجا که چی بشود؟ صرفه‌جویی بشود یا یادگاری بماند؟ همان سالی که تازه آمدیم تورنتو خرمگس هی می‌گفت پاک عقلت را از دست دادی هرچی این زن می‌گوید گوش می‌کنی. زِرت‌وزرت برو سمساری زرت‌وزرت آنتیک بخر. که چی؟ که اَن دوست دارد. آره. اَن دوست داشت. خودم هم بدم نمی‌آمد. آپارتمانی که گرفته بودیم نو بود. جادار هم بود. اَن ویرش گرفته بود تاریخ را تو حراجی‌ها و سمساری‌ها کشف کند. من از گذشته‌ام فراری بودم گناه اَن چی بود؟ تازه اسباب اثاث کهنه پُربدک هم نبود. من را یاد فک‌وفامیل خان‌جانم می‌انداخت که به آنتیک‌های باسمه‌ای‌شان می‌نازیدند. هم قدرِ فاصله با پس‌وپشتم را بیشتر می‌دانستم هم قدرِ دوروبرم را که همه‌اش نو بود. ذوق و شوق داشتم. مملکتِ تازه. نه پپسی. نه کوکا. کانادا. نه آن مملکت خراب شده‌ی من که جز چند تا قبر چیزی برام نداشت. نه آن مملکت بی‌دروپیکرِ اَن که هول تو دل آدم می‌انداخت. فقط اولش یک کم از سوز و سرمای تورنتو دلخور بودم. بعد عیبش را به آفتابش بخشیدم. هر چی باشد تورنتو می‌شد خانه‌ی خودم و زنم و بچه‌ام. می‌شد جایی که خانواده‌دار

می‌شدم. تا سانفرانسیسکو بودیم که من کاره‌ای نبودم. عکاسی مالِ آن بود. آن آپارتمان کهنه و خوش‌منظره با آن بالکن یک‌وجبی و گلدان گُنده‌ی گاردنیا هم مالِ آن بود.

این هم عکسش. این‌همه سال تو این کشو لابلای این‌همه خرت‌وپرت حبس مانده. آن اینجا تو بالکن یک‌وجبِ آفتابگیرش. کنار گاردنیای پُرگلش. هم حواسش به من هست و هم نیست. لابد دارم کشش می‌دهم تا زود دکمه‌ی دوربین را نزنم. این‌طور که آن لَخت و نرم روی راحتی لمیده لابد بدجوری سرتا پام به خارخارِ خواستن افتاده. روزهای اول گاهی مچم را می‌گرفت که چرا این‌طوری مات می‌شوم. آسمان‌ریسمان به هم می‌بافتم مبادا فکر کند از ندیدبدیدی این‌طور شُل می‌شوم. می‌گفتم یک تابلو داشتیم هم من هم آق‌جونی عاشقش بودیم. جاش تو مهمان‌خانه بود. بالایِ دیوارِ بالایِ اتاق. انگار دلی‌جون از انبار شوهر آنتیک‌فروشش کش رفته بود. قابش چوبِ سیاه بود. شیشه هم داشت. آق‌جونی می‌گفت باسمه فرنگی‌ست. یک چند تا فرشته‌ی لخت‌وعور تو آسمان دمِ غروب ولو بودند. یک کشتی روی دریا بود. یک تخت روی عرشه‌اش. یک حوری بهشتی هم با یک لا حریر رو تخت لمیده بود. خان‌جان بردش مهمان‌خانه تا پیشِ چشم من و آق‌جونی نباشد. می‌گفت معصیت دارد. آق‌جونی می‌گفت خب می‌خواهی بیندازیمش دور. خان‌جان می‌گفت قیمت دارد. این‌ها را برای آن می‌گفتم. خوشش می‌آمد. می‌گفتم من را یاد آن حوری بهشتی می‌اندازد. می‌خندید. بعدش تو بغل‌خوابی‌ها بروز دادم که هیچ تن و بدنی مثل تن و بدن او حالی به حالی‌ام نمی‌کرد. اول‌ها خرمگس تو گوشم می‌گفت کی را داری رنگ می‌کنی ایوب؟ خودت را یا این عروسک فرنگی را؟ یک کم که گذشت خرمگس با همه‌ی خریتش فهمید آن عروسک نیست. من هم با همه‌ی خریتم فهمیدم آن گیرم که راحت رکاب می‌دهد رامِ هیچ مردی نمی‌شود.

حالا خرمگس بگوید من از مردی کم دارم. ندارم؟ لابد دارم که آدمم این‌طور ناجور از آب درآمد. گَندَم بزنند! خفه‌خون بگیرم سیگارِ مانده بگیرانم بهتر است.

خرمگس

چرا به جای این که بیخ‌وبُنِ حرف من را بگیری، ایوب، تا می‌گویم کم آوردی، به تریج قبایت بر می‌خورد؟ حرف حساب تلخ است. اما عاقبتی که خودت برای خودت درست کردی از آن تلخ‌تر است. تازه مگر چی می‌گویم؟ می‌گویم اگر عُرضه از خودت نشان داده بودی، کار این پسر به اینجا نمی‌کشید که هم خودش خراب بشود و هم به زندگی تو گند بزند. می‌گویم مردی فقط به این نیست که دو تا تخم و یک ابولی کت‌وکلفت توی تنبانت داشته باشی. جذبه باید داشته باشی تا دیگران رویت حساب کنند و حرفت را بخوانند. حالا باز بگو وقتِ زور گفتن گذشته. گذشته؟ پایین و بالای این دنیا که همه‌اش روی زور و زورورزی می‌چرخد! زور نگویی، زور می‌شنوی. یا باید فرمان بدهی، یا باید فرمان ببری. دررو ندارد که. تازه، بحث به سیخ‌وصُلابه کشیدن که نیست. حرف من این است که چرا آقازاده‌ی نوزده‌ساله‌ی شما برای حرف‌وپند ابویِ پنجاه‌ساله‌اش تره خورد نمی‌کند؟ جز این است که کلاهت هیچ پشم نداشته؟ جز این است که دیده مادرش با اُردنگی زد بیرونت کرد، دمت را لای پات گذاشتی رفتی؟ دیده مادرش حکم کرد بیا بچه را بگیر، سرت را پایین انداختی آمدی؟ که چی؟ که اینجا ینگه دنیاست و حالا هم قرن بیست و یکم؟ نه جانم. نقل این حرف‌ها نیست. کانادا قانون دارد، درست. قانون هوای زن‌ها را دارد، درست. زن‌ها از حق و حقوقشان باخبرند، درست. اما یادت که نرفته خان‌جان یک عمر افسار به گردنِ آق‌جونی انداخته بود و شل و سفت می‌کرد؟ حالا خان‌جان شما فمینیست بود؟ یا خیابان ریِ سّد سال پیش کانادا بود؟ نخیر.

خان‌جانِ شما محتاج قانون نبود. آستین‌سرخود بود. خودش همچین حق به جانب به همه حکم می‌کرد که طرف درجا می‌ماند و راه دررو نداشت. همین هم بود که کم‌کم همه از دَمِ پرش دررفتند -- از خاله‌خانباجی‌ها گرفته تا دروهمسایه تا کاسب‌های محل تا دخترش دلبر و نوه‌اش دلارام. آق‌جونیِ مادرمرده شد جورکشِ همه. از یک طرف ماله‌کشِ بدزبانی و بدخلقی زنش بود، از طرف دیگر سپرِ بلای این و آن. تو هم به همان جد خدابیامرزت رفتی. خمیره‌ات شل از کار در آمده. جنمِ سفت‌وسخت بودن را نداری دیگر. جز جنده‌ها هر زنی که توی زندگی تو پیدا شده، یا ازت سواری گرفته یا تیپا توی کونت زده. از آن خان‌جان سلیطه گرفته تا آن دلیِ شوهری تا آن مامیِ برمامگوزیدِ یکتا تا آن اَن امریکایی. تقصیر زن‌هاست؟ البته که نه. عیب از توست که استخوان‌دار نیستی. جگر نداری. هیچ وقت نداشتی. یادت هست وقتی هتک‌وپتکت آن طور پاره شده بود، چه فکرهایی به سرت زده بود؟ دمِ غروبی توی کوچه‌پسکوچه‌ها هق‌هق می‌زدی و نقشه می‌کشیدی. دلت می‌خواست برگردی بروی حجره‌ی حاجی را به آتش بکشی. ترسیدی. بعدش گفتی می‌روی موش‌مرده از توی فاضلاب برمی‌داری، یواشکی می‌اندازی توی پستوی خان‌جان بلکه دلت خنک شود. چی شد؟ راستِ شکمت را گرفتی، رفتی رسیدی خانه. شام نخورده رفتی پشت‌بام کپه‌ی مرگت را بگذاری. بگو آن وقت بچه بودی، مثل سگ از بزرگترها حساب می‌بردی. بعدها را چی می‌گویی؟ بعدها را هم ولش، حالا را چی می‌گویی که این‌طور گوزپیچ شدی؟

راوی

ایوب سیگارش را که می‌گیراند، فندک را توی جیب راستش می‌چپاند و از جیب چپش کارتِ دانشجوییِ عکس‌دارِ یکتا را بیرون می‌آورد. آمده بود در شلوغیِ کشو جایی برای عکس آن باز کند، دستش خورده بود به عکس یکتا و نگاهش روی آن خیره مانده بود. عکس از کهنگی خط افتاده بود و رنگ باخته بود؛ اما یکتا همان بود که بود. همان دوتا چشم سیاه و همان چتری کوتاه پرکلاغی و همان خنده‌ی کمرنگی که انگار فقط بود تا چالِ لپ‌ها را به رخ بکشد. انگار نه انگار که این‌همه سال گذشته و آن عاشق سینه‌چاک خرد و خراب به آخر خط رسیده. یکتای بیست‌ساله‌اش را بی خبرِ او خاک کرده بودند؛ اما یکتای عکس بیست و هشت-نُه سال با او مانده بود. بیست ساله هم مانده بود. مانده بود تا ایوب دمِ آخر تنها نماند. پاکت سیگارِ پس‌اندازیِ توی کشو را برداشته بود و کارت را توی جیبش گذاشته بود. هرچه در کشو بود، می‌شد بماند برای هرکه پس از امشب به این خانه می‌آمد. عکس یکتایش اما نه به درد کسی می‌خورد، نه برای کسی معنی داشت. از اتاق بیرون زده بود و در اتاق را بسته بود.

تکیه‌داده به نرده‌ی بالکن، کارت را کف دست عرق‌کرده‌اش نگه می‌دارد. هوای گرمِ نمناک بادی ندارد که کارت را با خودش ببرد. دلش نمی‌خواهد باز هم به عکس نگاه کند. تا توی اتاق بود آن قدر نگاهش کرده بود که چشم‌هایش به اشک افتاده بود. خودش را آماده کرده بود اگر از خرمگس متلکی شنید، بگوید بس که خیره شده

چشم‌هایش به اشک افتاده. خرمگس چیزی نگفت. راست و دروغ حرفِ نزده‌اش هم پادرهوا ماند. فرقی هم نمی‌کرد.

مزه‌ی سیگار کهنه را با دود فرو می‌دهد. نگاهش بر تاریکیِ پایین خیره می‌ماند تا خیالش با عکس برود به آن بعدازظهر آفتابی اول مهر که یکتا را به آتلیه برد و روبروی دوربین نشاند. آتلیه نزدیک دانشگاه بود. عکاس‌باشی برای ناهار و چرت بعدازظهر در را می‌بست و به خانه‌اش می‌رفت. شاگرد عکاس‌باشی کلید اضافی داشت تا هروقت خواست اضافه‌کاری کند. اضافه‌کاری برای ایوب؛ عکس شش‌درچهار مجانی برای یکتا. پیشنهاد از این بهتر؟ یکتا دودل بود. باورش نمی‌شد ایوب عکاس خوبی باشد. تازه آشنا شده بودند و هنوز عکس‌های ایوب را ندیده بود. دلش می‌خواست عکس روی کارت دانشجویی‌اش خوشگل‌تر از خودش باشد. ایوب سر به سرش گذاشته بود. حالا کی گفته تو خوشگلی؟ یکتا باورش شده بود. نیستم؟ اخمی به ابروهایش افتاده بود که زود باز شده بود. خندیده بود. شانه بالا انداخته بود. خب، نباشم. چه ایرادی دارد؟ هرچه زشت‌تر باشم، عکاسم باید بهترتر باشد. بهترتر، خانم دانشجوی ادبیات؟ آره، بهترترتر، آقای عکاس بعدازاین. چه ایرادی دارد؟

عکس را که ظاهر کرده بود، از آتلیه تا کافه تریای دانشکده را دویده بود. بی‌اعتنا به حرف و نگاه همه دست یکتا را گرفته بود و از سر میز بلندش کرده بود و کشانده بودش تا خلوت‌ترین کنج چمن پشت نرده‌ها. عکس را نشانش داده بود وبی‌تاب مانده بود تا به‌به و چه‌چه‌اش را بشنود. یکتا که ساکت مانده بود، دلسرد شده بود. خب، چه ایرادی دارد این عکس؟ یکتا سر تکان داده بود و خندیده بود. بهترترترین است. به آنی پردل شده بود. پس زودباش مزد بهترترترین عکاس را بده. یکتا معطل

نکرده بود. دست در گردنش انداخته بود و تا بیاید به خودش بجنبد، ماچ سفتی به لپش چسبانده بود و عکس در دست دویده بود و رفته بود.

ایوب نگاهش را از تاریکی آن پایین برمی‌دارد. چرخی می‌زند و کارت در دست به سراغ ضبط روی میز می‌رود و دکمه را می‌زند.

ـ از یکتا چی بگم؟ یه عشق اولی بود مث همه‌ی عشق اول‌ها. عشقش تو اول بودنش بود. وگرنه که چی؟ یکتا شیرین بود یا من فرهاد؟ اگه اون تیر غیب به اون نمی‌خورد و من رو این طور زخمی نمی‌کرد، حالا لابد یادش که می‌افتادم، یه آن خوش‌خوشانم می‌شد و تمام. خب من دخترندیده بودم و شهر نو هم هولی تو دلم می‌انداخت که نگو. سالی که کنکور قبول شدم، آق‌جونی از تو کیسه پول خان‌جان که از گردنش در نمی‌آورد، پولی درآورد تا واسه خودم یه دوربین دست دوم بخرم. خان‌جان اون وقت هم زمین‌گیر و لال شده بود و هم رو به قبله بود. تو دانشگاه دوربین رو رو دوشم می‌انداختم تا دخترها بفهمند با کی طرفند. هی می‌رفتم تریاها رو برانداز می‌کردم ببینم کجا یه تیکه پیدا می‌کنم که با الیزابت تیلور مو نزنه. یکتا رو تو تریای ادبیات دیدم. داشتم یه دختر تپل‌مپلِ سرخ و سفیدِ چشم آبی رو دید می‌زدم که یه‌هو دیدم یه دختر ریزه و سبزه که پاش رو لگد کرده بودم، افتاد تو بغلم.

ـ ها ها! پس الیزابت تیلور نشد!

ـ نه. نشد. اما همون آن که دیدم به جای اخم‌وتخم و نازوادای الکی داره تو روم می‌خنده، با خودم گفتم پسر خود خودشه. دو سالی جوری غرقش شدم که نفهمیدم چه‌طور همه چی یه‌هو رو دورِ تند افتاد و یه‌هو فیلم پاره شد و یه‌هو زمین و آسمون تاریک شد.

ـ چی شد؟ یکتا چی شد مگه؟ می‌شه ساده بگین چی شد؟

- هوم! ساده بگم؟ مگه ساده‌ست که ساده بگم؟ پیچ‌وخم داره. شما نمی‌فهمین، تقصیر من چیه؟ اصلاً اگه بخوام از یکتا حرف بزنم، باید نگام به شما نیفته، وگرنه اون رو با شما قاطی می‌کنم.

- مگه خیلی مثِ اونم؟

- نه. شبیه نیستین. فقط نگاه‌تون مثلِ اونه. یا من این‌طور خیال می‌کنم. شایدم من همه‌ی دخترای بیست ساله رو مثل اون می‌بینم. حواسم می‌ره پی پیدا کردن نشونه‌های شباهت میون یه غریبه با یکی که یه وقتی آشنا بود.

- پس من غریبه‌م؟

- نه دیگه. دخترایی که وقت خندیدن چال می‌افته رو لپشون، غریبه‌آشنا می‌شن.

- دخترا؟

- آره، همه‌ی این‌جور دخترا. اما هیچ کدوم تا حالا نگاه‌شون مثل نگاه یکتا نبوده، جز شما. وقت حرف زدن از یکتا نگاه‌تون کنم، حواسم پرت می‌شه. می‌افتم به هپروتِ نظربازی، از خطِ زخمِ خودم می‌زنم بیرون. این‌طور بشه، شما هم از ته وتوی دردِ من سر در نمی‌آرین.

- O.K. بگید چی‌کار کنم؟ رو برگردونم طرفِ دیوار، خوبه؟

- نه، شما کاری نکنین. ساکت گزارش خودتون رو بنویسین. انگار اینجا نیستین. من رو به پنجره می‌شینم. این‌طوری. پشت این پنجره هم جز یه دیوار چیزی نیست. همین دیواری که وقتی روی تختم هستم می‌بینمش.

- O.K. پس من حالا نیستم. شما هستین با دیوار و با یکتا.

- با یکتا ؟ کجایی یکتا؟ نرفتی که نیایی. نگفتی که برنمی‌گردی. کجایی پس مادرقحبه؟ پشت دیوار؟ پشت در خونه‌تون که رسیدم، همین تو فکرم بود. همین که یکتای جون‌جیگریِ من پشت دیواره. جونم بالا اومد تا در زدم. خودت می‌یای یا

مادرِ دمامه‌ت؟ با انگشت روزها رو شمردم. می‌شد سه روز. سه روز از اون شبی که با هم بودیم. اولش با چندتا از اون سال‌سومی‌های ادبیاتی که شوخی جدی بهشون می‌گفتی هم‌کلاسی‌های هم‌مسلک. بعدش دوتایی تنها تو پارک‌وی. حرف رفتن و نرفتن به مراسم مصدق بود. ردخور نداشت که شلوغ می‌شه. هرکی به هرکی می‌شه. تو می‌گفتی حزب‌اللهی‌ها زورشون به مصدقی‌ها نمی‌رسه. مصدقی‌ها کی بودن؟ همه. هیچ‌کس. یکی تو می‌گفتی یکی من. من حرفایی‌رو که از آق‌جونی شنیده بودم، همین صبح زنده باد عصر مرده باد رو، همین رو واسه‌ی تو بلغور می‌کردم. تو هم که امامت اون دایی‌ت بود که می‌گفتی وقت کودتا عضو سازمان جوانان بوده و انگار تو زندان با تخم‌مرغ یا هرچی خدمتش رسیده بودن. خب درست که من نه سرِ نترس تو رو داشتم، نه سمپات این گروه اون گروه بودم. دوربین رو دوش واسه خودم هرجا عشقم می‌کشید می‌پلکیدم. تو گفتی بریم احمدآباد. گفتم بزن بریم. هم یه روز با جون‌جیگر خودم بودن عشق بود، هم عکس گرفتن از این و اون. از بروبچه‌ها هر کی ماشین داشت، مسافرش رو هم داشت. گفتی با ماشین دایی‌ت بریم. اولش گفتم باشه. بعد که آخر شب گفتی که مامانت هم می‌آد، زدم زیرش. دعوامون شد. گفتی وقتی با ماشین دایی می‌ریم، معلومه که نمی‌تونم به مامان بگم تو نیا. گفتم مگه تو نگفتی مامانت می‌گه کِی این پسره‌ی جلنبر رو ول می‌کنی؟ گفتی خب تو هم به اون میگی برمامگوزید. گفتم بس که افاده داره. خیال می‌کنه منِ بچه‌کوچه‌آبشور جنوب‌شهری‌ام، خودش که معلوم نیست از کدوم چس‌الاغ‌تپه‌ای اومده پاتخت، شمال‌شهری. آخرش گفتی خب نمی‌آی، نیا! به درک! یه‌هو جَلدی پریدی تو یه تاکسی که نمی‌دونم چه‌طور پیش پات سبز شد. یه دادی من زدم. یه دادی تو زدی. همین. فرداش تخته‌بند تو رختخواب موندم گوش‌به‌زنگِ تلفن. دفه اول نبود که قهر می‌کردیم. همیشه هم مگه خودت نبودی که زنگ می‌زدی و تا می‌اومدی حرفی

بزنی من پیش‌دستی می‌کردم حرف آشتی می‌زدم. شب که تلفن خفه موند، گفتم خب این دفه نوبتی هم که باشه نوبت منه که اول زنگ بزنم. هی زنگ زدم، هی بوقِ نبود شنیدم. عصر روز سوم پشت در خونه‌تون بودم. زنگ سوم صدای پا به گوشم خورد. لای در نیمه‌باز تا مادرت رو دیدم، صدای خراشیده‌ی خودم رو شنیدم: یکتا کجاست؟ یه‌هو صورتش جوری کج‌وکوج شد که ماتم برد. جیغ کشید که پسره‌ی جلنبر حالا می‌آی که خاکش کردم. به خودم که اومدم، در بسته بود. اون اونورِ در و دیوار ضجه می‌زد، من این ورِ در و دیوار مشت می‌کوبیدم. تا از زبون دایی‌ت نشنیدم، خیلی بعدش رو می‌گم، یک کلمه از حرف‌های مادرت رو باور نکردم. زنیکه‌ی برمامگوزید چرت می‌گفت من رو دست به سر کنه. می‌شد آخه تو اون شلوغی جاده یه ماشین بیاد عدل بزنه به ماشینی که یکتای من پشتش نشسته باشه؟ می‌شد، تازه، نه اون که جلو نشسته و نه دایی که پشت فرمون نشسته، هیچ مرگشون نشه و عدل یکتای من مرگش بشه؟ می‌شد از همه‌ی این‌ها بالاتر، یکتای من همین طور که داره یه‌بند با آب‌وتاب از مراسم حرف می‌زنه، پرت شه یه ور و آخ نگفته ساکت شه؟

ششم

ایوب

سرگیجه باید از دود زیاد باشد. دلاشوبه دیگر از کدام گور آمده؟ باید همین جا تو توالت آن‌قدر بمانم تا بالا بیاورم. شکم صاحب‌مرده را خالی نگه‌داشتم حالا پر از زهرآب شده. تو راه خرمگس طعنه زد شامِ آخر هم داشته باشی بد نیست. مثلاً خواست بگوید دستم براش رو شده. نه محلش گذاشتم نه چیزی کوفت کردم. تو فکرِ پاکسازیِ اندرون بودم. گندِ شکم را همه می‌بینند. گندِ کله است که کسی نمی‌بیندش. آمد و جای این‌که این کله‌ی خراب از خرمگس مثل هندوانه‌ی توپوک بترکد دل و روده بیرون ریخت! جای این‌که کاسه بخورد به سنگ شاخ فرو رفت به شکم. آن وقت چی؟ حساب‌کتاب که ندارد. بلکه هم دارد. اگر هم دارد حتماً همین هست که هر حساب‌کتابی تا حالا کرده‌ام وارونه درآمده. پس این آخری هم روی آن‌های دیگر. اما اگر باز هم حسابم غلط دربیاید معنی‌اش این است که آخری نیست. "خِفَت از این بالاترم می‌شه بَبَم که تو عزرائیل رو بخوای و عزرائیل تو رو نخواد؟" آره، آق‌جونی، حواسم با شماست. این حرف من نیست. حرف شماست که به زبان من می‌آید. وقتی می‌گفتی که معنی‌اش را خوب نمی‌فهمیدم. دستم را می‌گرفتی خرنش‌کشان می‌بردی خانه‌ی آمیزدایی. خب بچه بودم. از یک پیرمرد بدترکیبی که آب دهانش آویزان بود و کون‌خیزه دور خودش می‌چرخید و آ بَ بَ بَ بَ می‌کرد رَم می‌کردم. سال آخرِ خان‌جان هم همین را می‌گفتی. می‌گفتی بلکه دل من با او صاف بشود. پیرزن دیگر مثل موش تو تله افتاده کنج رختخوابش وول می‌خورد و جان می‌کند. حالا نوبت جان کندن من است. خودت نیستی این را برای

من بگویی حرفت که تو کله‌ام هنوز است. خوب هم هست که نیستی من را این طور خراب ببینی. جز شما کی دیگر تو این برهوتِ بی‌پدرومادر حواسش به من بود؟ کی غم من را می‌خورد؟ آره. خوب است که نیستی. من هم می‌خواهم نباشم. باشم که چی؟ نه دیگر من می‌توانم برای آدمم پدر باشم نه آدمم می‌تواند برای من پسر باشد. می‌خواهم نباشم تا غم آدمم را نخورم. بس که خودخواهم. یا بس که کم‌طاقتم. هیچ کدام؟ هردو؟ فرقی نمی‌کند که. نمی‌توانم ببینم آدمم انگشت‌نمای این و آن بشود. خیال می‌کند آسان است. خیال می‌کند من از انگشت‌نما شدن خودم باکی دارم. نمی‌گویم نداشتم. هنوز هم دارم. اما آن ترسی که من را این‌طور پیچانده ترس از انگشت‌نما شدن او بوده. من که اینجا و هرجا بی‌کس‌وخویشم. او اینجا ریشه دارد و تازه اول خط است. مگر شوخی است؟ تو همین دوره و تو همین کانادا هم شوخی نیست. حرفِ قانون نیست. یعنی با قانون دنیا بهشت می‌شود؟ هرچی به روی خودت نیاوری باز طاقت دیو می‌خواهد هرروز یک جوری ببینی و ببینند که تو یک جور دیگر هستی. حالا خرمگس گُه بخورد بگوید یک بُزِ گر. من می‌گویم بُزِ گر نه بُزِ آنقوره هم که باشی وسط یک گله گوسفند از پا در می‌آیی. تازه فقط انگشت‌نما بودن که نیست. گفتم پسرم جانم جگرم این کار عاقبت ندارد. گفت کدام کار؟ گفتم این راه به بی‌راهه می‌کشاندت. گفت کدام راه؟ گفتم بابا سگ‌مسب بخواهی‌نخواهی این جوری همه‌ی زندگی‌ات می‌رود به گا. از درس و کار می‌افتی. نه عاشق می‌شوی، نه خانواده‌دار. سروکارت می‌افتد با یک مشت بخت‌برگشته‌ی از اینجا رانده از آنجا مانده. پات به جاهایی باز می‌شود که هزار جور جاکش هزار جور تله گذاشته‌اند واسه جوان‌های خامی مثل تو. گفت دَد چی داری می‌گویی؟ گفتم دارم می‌گویم بی‌پدر داری خودت را می‌اندازی تو قفس. گفت کدام قفس؟ گفتم از همه‌ی روزهای سال یک روز روزت از همه‌ی خیابان‌های شهر یک خیابان خیابانت. تنها می‌مانی.

این را که دیگر می‌فهمی چی می‌گویم. تنهایی سنگ را می‌ترکاند چه برسد به تو را. دوروبرت خالی می‌ماند. همدم و همسر و پارتنر درست‌حسابی پیدا نمی‌کنی. نمی‌فهمی؟ گفت دَد پارتنر پیدا نکنم بهتر است تا خودم نباشم. این را تو می‌فهمی؟ نه. نمی‌فهمم. همین نفهمی این جور زهر می‌شود هی اندرونم را به آشوب می‌کشد.

خرمگس

خب، ایوب، قبول که من نگذاشتم چفت دهنتِ باز بشود و رازت را به آدم بروز بدهی. یک هفته به خودت پیچیدی؛ پشت تلفن آسمان ریسمان به هم بافتی، بلکه این بچه‌ی نابه‌کار به راه راست بیاید. برایش ایمیل‌های کوتاه و بلند فرستادی بلکه حرفت را بفهمد. نه برای خطاب و عتابت تره خرد کرد، نه به خواهش و التماست محل گذاشت. از کجا معلوم که آن نامه‌هایی که هفت شب نوشتی و نفرستاده پاره کردی، اگر به دستش می‌رسید، کارگر می‌افتاد؟ این که تو کی بودی و چی بودی و چی به سرت آمد یا نیامد، به چه درد آدم می‌خورد؟ اصلا مگر آدم آن زبان تو را، آن فارسی پُرملاط تو را یا آن انگلیسی شکسته‌بسته‌ی تو را می‌خواند و می‌فهمید؟ حالا گیرم هم که می‌فهمید، فوقش می‌گفت sorry, dad, but so what? سنگ روی یخ می‌شدی، بیچاره! نمی‌گویم اگر رازت را بهش می‌گفتی، پیشِ چشمش بی‌آبرو می‌شدی. بچه‌های این دوره و زمانه چه می‌فهمند که آبرو چی هست و به چه درد می‌خورد! می‌گویم که فایده‌ای نداشت. فقط کوچکت می‌کرد. پیش چشمش حیوونکی می‌شدی. حالا نگو پیشتر هم نگذاشتم این کار را بکنی. خب نگذاشتم چون آن وقت هم به نفعت نبود. تا پشتِ لبِ شاخِ شمشادت سبز شد، جوگیر شدی گفتی باید با بچه‌ام خودمانی بشوم بهم اعتماد کند. من چی گفتم؟ گفتم هر کار می‌کنی فاصله را نگه‌دار تا بی‌حرمت نشوی. چه معنی داشت به بچه‌ات بگویی که یک جاکشی یک وقتی کون باباش گذاشته! می‌خواستی چشم و گوشش باز بشود، دمِ پرِ قلدرهای مدرسه‌اش نرود، درست. اما راهش این بود که بفهمد باباش حواسش

جمع است و زورش هم زیاد است و نمی‌گذارد احدی به بچه‌اش زورچپان کند. حالا خودت کلاهت را قاضی کن ببین چه جور بابایی برای پسرت بودی. خیال می‌کردی همین که هی قمپز در کنی که من با پسرم رفیقم، می‌شوی بهترین بابای دنیا. چه جور رفیقی بودی که این چند ساله هیچ بو نبردی پسرت تو چه خطی افتاده؟ سرکوفتت می‌زنم؟ زخمی می‌شوی؟ دردت می‌آید؟ خب، سرکوفت مردم هم درد دارد. زخم زبانِ مردم هم سوزِ جگر دارد. برای همین هم هست که همیشه گفته‌ام و باز هم می‌گویم که آدم تا وقتی توی جنگل آدم‌ها زندگی می‌کند، نباید خودش را بی‌آبرو کند. اگر انگِ ننگی به پیشانی‌اش بخورد، دیگر کارش تمام است. انگشت‌نما می‌شود و هر کس یا ناکسی یک انگشت بهش فرو می‌کند. قلچماق هم که باشی، عاجزی‌به‌کون می‌شوی؛ چه برسد به وقتی که نازک‌نارنجی هم باشی. کل حرف من جز این نبوده و نیست. اصلاً تو بگو من برای چی شدم خرمگسِ تو؟ برای خودم داشتم تو پستوی حاجی چرخ می‌زدم و وزوز می‌کردم. کارِ همیشه و هرروزم بود. نه حاجی به من کار داشت، نه من به حاجی و کثافت‌کاریش کاری داشتم. هر کسی را که توی پستو می‌کشاند، زن یا مرد، بالاخره سن‌وسالی داشت. حالی‌اش بود دارد یک چیزی می‌دهد، یک چیزی می‌گیرد. تو را که آورد، دیدم دیگر نمی‌توانم بی‌خیال باشم. هم بچه‌سال بودی و هم ریقو و هم هالو. حاجیِ جاکش دست به عصا پیش می‌رفت. ششدانگ حواسش جمع بود رسوایی بالا نیاورد کسب‌وکارش کساد بشود. بلکه هم از اول خیال نداشت از لاسیدن آن طرف‌تر برود. بلکه هم از خنگیِ تو بود که جری شد جرواجرت کرد. هرچی بود دیگر طاقت نیاوردم دوروبر آن نامرد چرخ بخورم. افتادم دنبال کونِ پاره‌ی یک الف بچه‌ی وامانده‌ای که نمی‌دانست کجا برود، به کی بگوید. خواستم راه و چاه را نشانت بدهم. خواستم قاعده‌ی بقا و آبروداری را یادت بدهم. بد کردم شدم خرمگس تو، ایوب؟

راوی

ایوب سرش را از کاسه‌ی توالت کنار می‌کشد. دیگر هرچه بود را بالا آورده؟ دل و روده هم اگر خودش بیرون می‌ریخت، خوب بود. خلاصش می‌کرد. تا این را به خودش می‌گوید، مچ خودش را می‌گیرد. نکند هنوز دودل است! یا خایه‌اش را ندارد خودش کار را تمام کند! لرزی به تیره‌ی پشتش می‌افتد. خرمگس اگر سرکوفتش بزند که مربای آلوست، حق دارد. وسط کار درمانده؟ دستش را به لبه‌ی کاسه‌ی دستشویی می‌گیرد، بلند می‌شود. به گندی که از اندرونش بیرون آمده، نگاهی می‌کند. عق زدنش هم نصفه‌نیمه است. هرچه آن تو بوده بیرون نیامده. سیفون را با غیظ می‌کشد. تفاله‌ی بیرون آمده را آب با خودش می‌برد؛ زهر فرورفته را چه‌طور تاب بیاورد؟ شیر آب سرد را باز می‌کند. سر و صورت و توی دهانش را با وسواس می‌شوید. نفس بلندی می‌کشد. سبک شده اما خالی نشده. اگر دختر درمانگر هنوز بود شاید همه را بالا می‌آورد. باز مچ خودش را می‌گیرد. یک هفته دختر بود و هر فنی زد تا دهان او باز شود. او هم هر فنی زد و هر چیزی را گفت جز آن چیزی را که، می‌خواست و نمی‌خواست، نتوانست بگوید. روزی هم که آن تکه‌ی بزرگ را بیرون داد، اولش خیال می‌کرد دارد رد گم می‌کند تا دختر فکر کند تروما همین بوده و قال قضیه کنده بشود. خرمگس هم که عمری جلودارش بود مبادا اسرارِ مگو را بروز بدهد، این بار لالمانی گرفت. خرمگس نه دختر درمانگر را جدی می‌گرفت، نه گزارشی را که میان آن‌همه گزارش دیگر درمانگاه گم می‌ماند. وقتی دختر درمانگر از اتاق بیرون رفت، ایوب نفس بلندی کشید. سبک شده بود. کاش همه را بیرون ریخته بود. بروز داده

بود. خالی شده بود. آن‌قدر خالی که به آینه نگاه کند و چیزی نبیند. رو می‌گرداند خودش را در آینه نبیند. درِ توالت را پشت سرش می‌بندد. به بالکن می‌رود. روی صندلی می‌نشیند. یک دست به سیگار می‌برد، دست دیگر به دکمه‌ی ضبط.

- هنوزم نمی‌خواین از اون ترومای دیگه حرف بزنین؟

- تروما؟ نبش قبر دیروزی بس‌تون نبود، خانوم درمانگر؟

- نبش قبر...

- آره می‌دونم چی می‌خواین بگین: نبش قبر چی هست؟ اون واسپِ "نایس" خیال کرد آدمِ لهجه‌دار زبون‌نفهمه. شما هم خیال کردی وقتشه بپری وسط کار رو بقاپی. من هم حالا باید خیال کنم اینجا کلاس اکابر فارسی باز کردم. خدایی‌ش بد خیالی هم نیست وقتی که آدم یه شاگرد ترگل‌ورگلی مثل شما داشته باشه.

- ایوب شما دارین از خط عبور می‌کنین. من ادامه نمی‌دم دیگه.

- یعنی دارم از خط ادب و آداب بیرون می‌زنم؟ خب ببخشید. لابد باز خرمگس به وزوز افتاده. شما هم دیگه جوشی نشین دختر خانوم! اخم بهتون نمی‌یاد. اگه می‌ذاشتین اینگلیسی تته پته کنم، واسه خودتون بهتر بود. حاشیه نمی‌رفتم. پیچ و خم نمی‌دادم. راست می‌زدم به هدف. با این فارسیِ مادرمرده نمی‌شه. هی آدم قیقاج می‌ره. حالا جون همون مادر بزرگ‌تون که همین فارسی نیم‌بند رو بهتون یاد داده از من نپرسین قیقاج چی هست. بریم سر همون نبش قبر بهتره. دیروز که یکتا را از تو گور درآوردیم. که چی بشه؟ که داغم تازه شه؟

- You should let it go!

- داغ رفتنی نیست. از سوز می‌افته، اما جاش می‌مونه، دخترخانوم.

- بریم به بچگی، ایوب؟ تو پرسشنامه شما ترومای وقت بچگی رو ...

- اِ؟ گفتم آره؟ خب، باشه. اما اون داغ به دلم نبود. درفش تو ماتحتم بود.

- چی؟ ... خب، sorry. من نمی‌پرسم. گوش می‌دم. مث دیروز شما برگردین یا من برگردم شما راحت حرف بزنین.

- نمی‌شه. هیچ‌جوری نمی‌شه راحت ازش حرف زد. ملاحظه‌ی شما رو که بکنم، بهتره. سربسته و جمع‌وجور یه چیزی می‌گم، یه چیزی می‌شنوین، یه چیزی می‌گیرین - از همین لابلای زبون پُرملاطی که من تو دامن خان‌جان و لای قبای آق‌جونی و میون لات‌های دروازه دولاب یاد گرفتم.

- Ok. Go ahead!

- پَس‌پَسَکی می‌رم تا برسم به اون تابستون گندی که بوی گه‌ش ته دماغم مونده. اولش گند نبود؛ خیلی هم خوش‌خوشانی بود -- مدرسه تعطیل و جدول‌ضرب خلاص. صبح تا غروب تو کوچه پلاس بودم. دوروبرِ پسرهای بزرگ‌تر از خودم می‌پلکیدم تا بلکه من رو هم به بازی بگیرن. خب هر کوچه واسه خودش دسته داشت. بی دسته نمی‌شد خودی نشون داد. یکی دو بار که خاک‌وخلی و خونین‌ومالین اومدم خونه، خان‌جان افتاد رو قوز که اللاه‌وللاه این بچه رو باید فرستاد شاگردی درِ دکونِ یکی تا هم چیز یاد بگیره هم لات‌ولوت نشه. اولش نه آق‌جونی گوشش بدهکار بود، نه من. آق‌جونی تا روشنای روز بود یا پی خرده‌فرمایش‌های خان‌جان بود یا تو بازار و مسجد با هم‌پالکی‌هاش می‌پلکید. هرکار تو مسجد می‌کرد، نمازش رو اونجا نمی‌خوند. گرگ‌ومیش می‌اومد خونه تا به قول خودش خان‌جان‌جونی سفره‌ی نون و ماستش رو براش پهن کنه. بعدش هم نماز مغرب و عشا رو به قول خودش تروفرز به کمر می‌زد و می‌رفت تو رختخواب تا به قول خان‌جان مث مرغ سرِ شب بخوابه و کله‌ی سحر بیدار بشه. آق‌جونی می‌دونست نه خوش دارم دنبالِ کون اون راه بیفتم، نه می‌تونم تو خونه بند بشم. خیلی که خان‌جان پیله می‌کرد، می‌گفت آخه بچه رو بفرستیم پادویی، جواب مادرش رو چی

بدیم؟ تا این رو می‌گفت، خان‌جان مث اسفند رو آتیش می‌پرید و بدوبی‌راه نثار دلی‌جون می‌کرد. اون سال دلی‌جون گذرش به تهران نیفتاده بود. پاکت پولش اما سر ماه می‌رسید. بعدش وقتی خان‌جان گفت قراره من برم دکون فرش‌فروشی حاج‌آقارضا شاگردی کنم، آق‌جونی نه ها گفت و نه نه. پاک لالمونی گرفت تا این‌که یه روز خودِ خان‌جان دست من رو گرفت برد دکون حاجی. این حاج‌آقارضا اون طور که خان‌جان می‌گفت، یه وقتی پادوی حجره‌ی برادر بزرگش، آقامیرزادایی، بوده. بفهمی‌نفهمی بو برده بودم که آق‌جونی نه از آمیزدایی که دیگه لال و زمینگیر شده بود، خوشش می‌اومد؛ نه از حاج‌آقارضا که حالا دم‌ودستگاهی به هم زده بود. من از آمیزدایی که کون‌خیزه خودش رو این‌ور اون‌ور می‌کشوند و اَ بَ بَ بَ می‌کرد، می‌ترسیدم. حاج‌آقارضا رو هر وقت می‌دیدم، از اون چشم‌های گاوی و از اون دهنش که دایم می‌جنید، انگشت‌به‌دهن می‌شدم. باکی ازش نداشتم. یه چندروزی که گذشت، به چشم‌وچارِ ورغلنبیده و دک‌وپوز همیشه کف‌کرده‌ش عادت کردم. خدایی‌ش بدهیبت نبود. با این‌که دائم هله‌هوله می‌خورد، هیکلش به‌اندازه بود. بدخلق هم نبود. تازه هوام رو هم داشت. همون روز اول به خان‌جان گفته بود حاج‌خانم شاپسرت رو جای درستی آوردی؛ هواش رو دارم. خان‌جان هم سرضرب گفته بود اجرت با آقا امام زمان حاجی، چُتکِه هم یادش بده. مشتری نبود، می‌گفت برم بشینم وردستش چرتکه یاد بگیرم. خنگ‌بازی که درمی‌آوردم، از کوره که درنمی‌رفت، هیچ؛ ناز و نوازشم هم می‌کرد. طول کشید تا حالی‌م شد وقتی بهم دست می‌زنه، حالی به حالی می‌شه. بعدش یه بعدازظهر که رفته بود تو پستوی ته دکون چرت بزنه، آخ و ناله‌ش بلند شد که کمرم گرفته. یه قوطی روغنِ گردالیِ قرمز داد دستم گفت بمال. آره اولش با روغن‌مالی شروع شد. بعد هی بیخ پیدا کرد. هرجا رو می‌مالیدم می‌گفت افاده نمی‌کنه. بعد یه روز گفت تو دراز بکش من بمالم

حالی‌ت شه چی کار کنی. شبش که کنار آق‌جونی خوابیدم برام قصه بگه، گفت بَبَم چه بویی می‌دی! سحر بیدارت می‌کنم بریم حموم. خودم رو کنار کشیدم. خواستم بگم چرا بو می‌دم، نشد. تو گوشم یه وزوزی راه افتاده بود. انگار اون خرمگسه که همیشه تو پستو می‌چرخید، جخت اومده بود رفته بود تو گوشم. از همون شب گیر خرمگس افتادم. نه اون شب گذاشت به آق‌جونی بگم، نه بعدش. تا حتا اون روز آخر که پاره پوره خودم رو کشوندم تو کوچه‌ها و پیش از این که خونه برم، پشت شلوار لک‌شده‌ام را خاکی کردم، باز این خرمگس نذاشت چیزی بروز بدم. هی تو گوشم وزوز کرد کونِ دریده گفتن نداره که! حالا شما خانوم درمانگر می‌گی داره؟ بگم که چی؟ چی رو بگم که گفتنی باشه؟ هان؟ به خرمگس باشه، می‌گه گفتن این حرف‌ها، اون‌هم به دختر خانومی مث شما، قباحت داره. از بیخ تف سربالاست. بی‌راه هم نمی‌گه شاید. هر چی باشه برمی‌گرده به روی خودم و باز باید قورتش بدم.

هفتم

ایوب

گفت اینجا چی؟ نفهمیدم. بس که هول بودم. از شبی که با آن آمد فرودگاه این دفعه‌ی اول بود که من بودم و او بود و آن نبود. به چشمش غریبه شده بودم. همان شب فرودگاه دیدم غریبگی کرد. سر زبانم آمده بود بپرسم بابات از یادت رفته؟ نپرسیده بودم. زورکی خندیده بودم. پرسیده بودم فارسی یادت رفته؟ زیرلبی گفته بود no, Dad. فرداش شوخی‌جدی به آن گفته بودم هفت سال نبودم بابا را دَد کردی. خندیده بود Take it easy! English is his mother tongue. فقط واسه این که بچزانمش گفته بودم He doesn't want to live with his mother, though. آن تو آشپزخانه پشتش به من بود. نفهمیده بودم زخم زبانم را گرفته بود یا نه. سر تکان داده بود که آره. همان وقتش هم دودل بودم. حالا از کجا معلوم این بچه راستی راستی بخواهد با مادرش نباشد! آن شک نداشت. مثل همیشه فکرهاش را کرده بود. تصمیمش را گرفته بود. با یکی دو کلمه هم تکلیف همه چیز را تعیین کرده بود. تو راه که می‌بردمش آپارتمان را نشانش بدهم هم او ساکت ماند هم من. تو آپارتمان هم آن‌قدر لال ماندم تا گفت اینجا چی؟ دلواپس بودم نکند از آپارتمان خوشش نیاید. نکند نخواهد با من زندگی کند. گفتم چی چی؟ گفت خب یکی اتاق تو یکی اتاق من این یکی اتاق کی؟ گفتم این یکی تاریک‌خانه. نفهمید. گفت انگلیسی بگو. گفتم. گفت برای چی؟ گفتم تا استودیو ندارم باید تو خانه کار کنم. پرده‌ی سیاه که زدم اخمش تو هم رفت. گفتم مادرت عکاس پدرت عکاس آن وقت تو باید از عکاسی بدت بیاید! گفت از تاریکی بدم می‌آید. روزی که استودیو گرفتم شبش کیک

خریدم با شمعِ گاردنیا. آمدم خانه گفتم باید جشن بگیریم. گفت تاریک‌خانه را چی کار می‌خواهی بکنی؟ گفتم چی کارش کنم خوب است؟ گفت بده به من. گفتم می‌خواهی اتاق کارش کنی؟ خندید گفت می‌خواهم روشنش کنم. میز گذاشت. شمع و چراغ و کاغذ و مداد روی میز گذاشت. پرده‌ی تور سفید زد. پرده‌ی سیاه را کنار زد. گفتم پرده‌ی سیاه را بِکَن دیگر! خندید گفت نه. گفت باشد شاید باز این اتاق شد تاریک‌خانه‌ی تو دَد.

صداش که تو گوشم می‌پیچد پوست سرتاپای تنم الو می‌گیرد. می‌سوزم اما تمام نمی‌شوم. یکی بگوید آخر آدمم را کجا پیدا کنم! هفت سال باشد. خانه را بهشت کرده باشد. حالا نباشد. هفت سال باشد. تاریک‌خانه را روشن کرده باشد. حالا نباشد. خانه باشد. تاریک‌خانه باشد. آدمم نباشد. ایوبِ وامانده باشد. خرمگسِ خر باشد. آدمِ گل‌پسرم نباشد. یکی بگوید آخر چرا بچه‌ام از دستم رفت! کشتمش؟ کشته شدم؟ خرمگس من را کشت؟ خرمگس را کی بکشد؟ کِی این سرسام می‌خوابد آخر؟ کی این جنون ته می‌کشد آخر؟ تمام نمی‌شود اگر شمعش را کنار دستش نگذارم. تمام نمی‌شود اگر در تاریک‌خانه را باز نکنم. شمع را بردارم. توپیِ در را بپیچانم. نرم و بی‌صدا بروم تو. انگار که مثل آن‌شب سر روی دست و دست روی میز خوابیده باشد. انگار که اگر تو روشنی نیست، تو تاریکی باشد.

کلید چراغ را نمی‌زنم. پرده‌ی سیاه کیپ تا کیپ کشیده شده. خودم کشیدمش. روز آخر که تو خانه ندیدمش پرده‌ی تور سفیدش را کنار زدم. گفته بود. شوخی گرفته بودم. گفته بود شاید دوباره تاریک‌خانه‌ام بشود. شد. چیزی که نباید می‌شد شد. پاورچین بروم سمتِ میز. شمع نیم‌سوخته را گوشه‌ی میز بگذارم. این همه سیاهی و قدِ ناخن انگشت کوچکش روشنی! مبادا آدمم تو تاریکی و خواب دستش به آن بخورد و بسوزد! مبادا بیدار بشود و مچم را بگیرد! باید همین‌طور تو خواب بماند.

نماند نمی‌توانم دهن باز کنم. باید همین‌طور تو تاریک‌خانه بمانم تا آدمم تو خواب‌وخیال حرفم را بشنود. باید پیش از آن که تکه‌پاره بشوم این گند را بیرون بریزم. پیشِ روی دختر درمانگر نتوانستم. خرمگس نگذاشت یا خایه‌اش را نداشتم؟ از شرم بود که بروز ندادم یا از ترس؟ حالا می‌گفتم هم مگر آن دختر حرفم را می‌فهمید؟ می‌فهمید که من همان شبِ بار یکتاپسرم را کشتم؟ آدم هم تا تو بیداری بود و تو روشنی حرفم را نفهمید. فهمید که همان شبِ بار کشته شدم؟ بابا ایوب مُرد. دَد هردود کشید آدم را از تو بغل آن غریبه‌ی قلتشن دربیاورد. در بیاورد تا سرش را بکوبد به دیوار. سر آدم را بکوبد به دیوار تا باورش بشود آدم دروغ بوده و خودش هم دَد بوده.

آدمم باید تو تاریک‌خانه باشد تا بشنود به چشمِ ایوب بابا ایوب چه‌طور یک‌هفته‌ای شد دَد. آن که حالا آن ورِ دنیا وردست مادر و خواهرش نشسته آدمِ من نیست. از تاریکی اینجا چی می‌داند؟ کجا حرف من را می‌شنود؟ آدمِ من اینجاست. تو همین تاریک‌خانه. تو همین تاریکی. خوابیده و خواب تاریک‌خانه‌ی باباش را می‌بیند. از همان شبی که باباش دَد شد و آمد بالا سرش تا بکشدش همین‌طور اینجا خوابیده. خوابیده تا بشنود تاریک‌خانه‌ی ایوبِ بخت‌برگشته یک اتاق تو یک آپارتمان نیست. یک سوراخ بزرگ است تو خودش. یک سوراخ بزرگ و سیاه با یک خرمگسی که هی توش می‌چرخد و هی وزوز می‌کند.

شبِ بار هم همین خرمگس بود که ناغافل از تو سوراخ راست رفت رو مُخ ایوب نشست. ایوب گیج‌وویج بود. یک‌هو مُخش تکان خورده بود. سرِ شب کار را تعطیل کرده بود. از استودیو بیرون زده بود. خواسته بود برود سراغِ یکتاپسرش. نرفته بود مبادا شبِ تعطیلِ آخرِ هفته موی دماغ باشد. خواسته بود زنگی به یکی از آن friends with benefits بزند. نزده بود مبادا طرف گیر بدهد بخواهد جای یک

شب چند شب آویزان باشد. میلش کشیده بود به الواتیِ تکی. به پرسه زدن و گشتن پیِ عجایب‌غرایب. به شکار سوژه واسه عکاسی. رفته بود رستوران پرتغالی دنجی که پاتوقش بود. بعدش رفته بود بار ایرلندی. بعدش بار مکزیکی. بعدش هم سر از بار خیابان Church درآورده بود. خوابش نمی‌آمد. پاتیل هم نشده بود. تا بارمن آبجوش را بدهد دستش سری چرخانده بود. انگار که همین‌جوری بی‌خیال بخواهد شهرفرنگ ببیند. انگار که بی‌غرض‌ومرض بخواهد برود تو نخِ دوروبری‌ها. تو نخِ آدم‌هایی که تو خیابان مثل خودش بودند اینجا مثل خودش نبودند. انگار که سر چرخانده بود آدم‌هایی را تماشا کند که مثل خودشان بودند. سر چرخانده بود آدم‌هایی را ببیند که به او مربوط نبودند. سر نچرخانده بود ببیند دنیایی که بیست سال برای خودش ساخته بود به یک آن پیش چشمش دود می‌شود.

می‌بینی باور نمی‌کنی. می‌بینی آتش می‌گیری. می‌بینی خون جلوی چشمت را می‌گیرد. از جات کنده می‌شوی. می‌خواهی بکشی. می‌خواهی کشته شوی. می‌خواهی هیچ وقت باور نکنی. این بلا دیگر از کجا آمد؟ این قلتشن دیگر کی است که این‌طور بچه‌ی معصوم من را بغل زده؟ مگر بچه‌ی من گِی است؟ مگر می‌شود بابا ایوب بچه‌اش را نشناسد؟ مگر می‌شود این‌همه سال من را رنگ کرده باشد؟ چه‌طور نفهمیدم؟ چه‌طور بروز ندادی پسر؟ یعنی من بابای بدی بودم برات؟ یعنی من کور و کر بودم؟ یعنی من بد کردم هرچی خودم نداشتم را واسه تو خواستم؟ یک هفته مثل مار به خودت می‌پیچی. زار می‌زنی. بچه‌ام تو خامی. تو جوانی. تو نمی‌دانی. می‌دانی عاقبت این راه به کجا می‌رسد؟ آینده‌ات چه می‌شود؟ من به درک. حرف مردم به درک. ایدز بگیری چه خاکی به سرم می‌شود؟ بمیرم بهتر است تا آن روز را ببینم. بمیری بهتر است تا روزت این‌طور سیاه بشود.

آدمم اینجا هنوز خوابیده تا بشنود. کشتمش. از شبِ بار تا شبِ تاریک‌خانه هر دَم و هر آن کشتمش. خرمگس گفت ننگ با خون پاک می‌شود. ایوب گفت ترس با مرگ می‌ریزد. خرمگس ایوب را پسرکُش کرد؟ ایوب گفت کشتمش تا نبینم آدمم نیست. آدمم اینجا تو این تاریک‌خانه کشته شد. دَد آمد بالا سرش ایستاد. آمد کار را تمام کند. تمام نشد. تمام نشده. شمع هنوز روشن است. تمام نمی‌شود تا شمع خاموش نشود. شمع باید بسوزد تا ایوبِ آدم‌کش از خجالت آب بشود برود زیر زمین.

از شبِ تاریک‌خانه تا ظهرِ تاریک‌خانه هر دَم و هر آن سوختم. آدمم اینجا مانده تا بشنود. یک هفته مثل مار به خودم پیچیدم. زار زدم. یعنی من بابا ایوبِ یکتاپسرم نبودم؟ یعنی نصفه‌شب رفتم بالا سرش تا تو خواب بکشمش؟ یعنی ایوبِ بی‌پدر پسرکُش از آب درآمد؟ سوختم از این خجالت. سوختم و هی سوخته شدم. سوختم و هی آب شدم. سوختم و آب شدم. نه یک‌هو. نه یک آن. ذره ذره. چکه چکه. مثل همین شمع که دارد می‌سوزد. می‌سوزد تا گورِ مرگش یک وقت تمام بشود.

خرمگس

بد کردم، ایوب، خرمگست شدم؟ نمی‌گویم تو که پایت باز شد به پستوی حاجی، حالی به حالی شدم. نمی‌گویم وهم برم داشت که وحی شده بهم تا دنبال کون تو راه بیفتم و هوایت را داشته باشم. نمی‌گویم فرشته بودم تو قالب خرمگس درآمده بودم. نه، این‌ها را نمی‌گویم. اما خب حالا که این‌همه سال را بخواهی‌نخواهی با هم گذراندیم، انصاف نیست یک‌تنه به قاضی بروی. این درست که تو هرچی نباشد، ننه‌بزرگ بابابزرگی داشتی که خوب یا بد تروخشکت کنند. اما وقتی دست بر قضا تو چنگ حاجی افتادی، چی؟ تا حتا اگر ننه‌بابایی هم داشتی، معلوم نبود از یک همچین بخت و بلایی قسر در بروی. می‌شد این بلا توی خانه‌ی خودت به سرت بیاید. کم داشتیم و داریم یکی تو کون بچه یا نوه‌اش بگذارد؟ یا تو محله. یا تو مدرسه. خوش‌خیال باشی می‌شود گفت انگاری که کار حاجی حکم واکسن داشت. پیشگیری کرد. کونت پاره شد اما عوضش چشم‌هات باز شد و من را دیدی. حواست جمع شد تا توی کوچه‌خیابان و توی مدرسه دُم به تله‌ی بچه‌بازها و کونی‌ها ندهی. دیگر باید خیلی بی‌چشم‌ورو و بی‌انصاف باشی اگر پندواندرزهای من را نشنیده بگیری. حالا تو بگو توی گوشَت وزوز می‌کردم و می‌کنم. باشد. قبول. اما جز این بود که خیر و مصلحت تو را می‌خواستم و بکن نکن می‌کردم تا از این بلا و آن بلا دور بمانی؟ خدایی‌اش را بخواهی جز این بوده که من همه‌جوره بپای تو بوده‌ام تا زیر پات خالی نشود؟ خب من فرشته‌ی نگهبانت بودم دیگر. آره، چرا که نه. حالا تو پوزخند بزن و بگو خرمگسم نه فرشته نگهبان. من هم که از رو نمی‌روم؛ می‌گویم

خنگِ خدا چند سال باید عمر کنی تا بفهمی که آدمیزادِ دوپا سرش با کونش نمی‌خواند. توی گِلِ زمین و گه خودش غرق است، توی ابرها فرشته می‌بیند. تازه کار این فرشته مگر چی هست؟ نه می‌توانی باهاش بخوابی، نه می‌توانی باهاش گل بگویی گل بشنوی. جز این است که دائم دوروبرت می‌چرخد و دائم توی گوشَت ورد می‌خواند که چی درست است چی غلط؟ خب، پس فرقش با من چی بوده؟ او را نمی‌بینی خیال می‌کنی مقبول است. من را می‌بینی خیال می‌کنی منفورم. حالا این را نگو که نه، هستند آدم‌هایی که راستی راستی توی زندگی‌شان یک فرشته‌ی نگهبان دارند. این به حرف من دخلی ندارد. گیرم تو بگو بعضی‌ها نه یکی، که دو تا، بلکه هم بیشتر فرشته‌ی نگهبان راست‌راستکی دارند؛ تو را سننه؟ تا توی عالم بچگی بودی، آق‌جونی با آن محاسن سفید و دهن بی‌دندانِ همیشه‌خندانش به چشمت فرشته بود. حاجی که ترتیبت را داد، دوزاری‌ات افتاد که پیرمرد تنبان خودش را هم نمی‌تواند بالا بکشد، چه برسد به این که پشت‌وپناه تو باشد. همین هم بود لابد که ارواح شکم عمه‌ی داشته‌نداشته‌ات پیشِ خودت فکر می‌کردی واسه‌ی پسرت هم پدر می‌شوی، هم مادر، هم فرشته‌ی نگهبان. حالا هم که تق کارِ خودت این‌طور درآمده، باز نمی‌خواهی قبول کنی که اصلا این فرشته‌بازی‌ها به تو نیامده؟ حالا می‌خواهی چارپایه بگذاری بروی رویش بایستی که چی؟ بال درنیاورده‌ای و بالا نمی‌روی که بی خرمگس بشوی. خیال می‌کنی پایین بپری خلاص می‌شوی! تازه اگر خایه‌اش را داشته باشی -- که بعید می‌دانم داشته باشی. حالا تو گوشَت را بگیر و خودت را به کری بزن؛ اما اگر خایه داشتی، آن بچه‌ی ناخلفت را هم با خودت خلاص می‌کردی.

راوی

ایوب درِ تاریک‌خانه را می‌بندد. پاکشان به آشپزخانه می‌رود. چراغ را روشن می‌کند و یادداشت آدم را از روی درِ یخچال می‌کند. حالا دیگر وقتش هست که آن قدر به دستخط او نگاه کند تا هر کلمه میخ شود توی مُخش فرو برود.

I was not brave enough to tell you I am who I am. You were not brave enough to stand by me, though. Won't be

back,

Adam

خیره نگاه می‌کند و پلک نمی‌زند. پلک نمی‌زند و دم بر نمی‌آورد. دم بر نمی‌آورد تا سختی حرف آدم پوست و گوشتش را بدرد و استخوانش را بترکاند. جنب نمی‌خورد تا خون به کله‌اش بدود؛ نفسش تنگی کند؛ چشم‌هایش تر شود. شوری اشک که روی لبش می‌نشیند، تکانی می‌خورد. فندک را از جیبش در می‌آورد و کاغذ را می‌سوزاند. خرده‌سوخته‌های کاغذ را زیر شیر آب نگه می‌دارد تا ردی باقی نماند. دست‌هایش را با پشت شلوارش پاک می‌کند و به بالکن می‌رود تا به آخرین نوار گوش بدهد.

- امروز روز خوبیه؟ آره؟
- برای دخترخانومی مثل شما؟ یا برای من؟
- هوم. برای شما. زخم زیر چشمتون که خوب شده. روح‌تون هم خیلی بهتره.
- روحم رو که شما احضار نکردین هنوز. روحیه‌م رو...

- Sorry. خیال کردم فارسی‌م خوب شده.

- از روز اول بهتر شده، اگه ساری ساری نکنین.

- هوم. O.K هم نکنم. می‌دونم.

- اوکی نگین دخترخانوم.

- اِ، باز اشتباه شد. شما ولی حالا از روز اول خیلی...

- نایس شدم؟ نه، نایس‌تر شدم؟ نه، این رو نباید گفت. نه،...

- چی باید گفت؟

- شما بگین چی باید گفت، چی باید نگفت. یه عمر خرمگس هی تو گوشم گفته چی بگم، چی نگم. حالا شما بگین.

- شما رو آوردن اینجا چون می‌خواستین خودتون رو بکشین.

- می‌خواستم آدم رو بکشم.

- آدم؟ چرا؟

- خرمگس می‌گفت ننگ رو باید با خون شست.

- ننگ چی هست؟

- ننگ؟ از من می‌پرسین یا از خرمگس؟

- از شما می‌پرسم، ایوب.

- اینگلیسی‌ش رو بگم؟

- نه. معنی‌ش رو بگین. حرف خرمگس رو هم نگین.

- خانوم درمانگر، سختش می‌کنید ها! ایوب مگه مغزش کار می‌کنه که واسه شما لغت معنی کنه.

- سوالم رو تکرار می‌کنم: ننگ چی هست، ایوب؟

- ننگ همون چیزی‌یه، دخترخانوم، که نمی‌تونم به شما بگم. همون دردی‌یه که خناق می‌شه راه گلوم رو می‌بنده.

- پس امروز که روز آخره، حرفی نمی‌زنین.

- امروز حرف نزده‌م. امروز روز چندمه؟ هفتم یا هشتم؟ شما قصه‌ی نمکی رو شنیدین؟ مادربزرگ‌تون واسه‌تون نگفته؟

- نمکی چی...

- واسه این که نگین حرف نمی‌زنم، این رو واسه‌تون می‌گم. جونم واسه‌تون بگه... قصه رو خان‌جانم این جور شروع می‌کرد. حواسش هم بود که جز من آق‌جونی هم داره گوش می‌ده.

- ایوب شما...

- خب نمی‌خواین واسه‌تون قصه بگم نمی‌گم. شما خودتون پرسیدین نمکی چی هست، من هم اومدم بگم نمکی یه دختر هفتمی بلا و بازیگوشه که هر شب باید به حکم مادرش درهای خونه رو ببنده تا دیو نیاد. اما قرار نیست من شما رو خواب کنم، دخترخانوم. پس خیال قصه گفتن هم نداشتم. چیزی که هست...

- Why don't you get to the point, Ayyub?

- آخه مُخ من که مثل مُخ شما کار نمی‌کنه، خانوم درمانگر. از شک میون هفت و هشت پرید رفت رو یکی‌به‌دوی میون خان‌جان و آق‌جونی که یکی می‌گفت هفت درو بستی نمکی یه درو نبستی نمکی، اون یکی جدل می‌کرد نخیر خونه هفت تا در داشت و نمکی هم دختر هفتم بود و چون یه در باس باز می‌موند، پس شیش درو بستی نمکی یه درو نبستی نمکی...

- امروز وقت‌مون تموم شده، ایوب.

– چه بد! چه زود! اما دخترخانوم، این رو بدونین که نمکی اگه سربه‌هوا بود یا هر چی، دلش رو داشت که یه در رو باز بذاره. من این در آخری رو نه می‌تونم ببندم نه می‌تونم باز بذارم...

ایوب از جایش بلند می‌شود، دکمه‌ی خاموش ضبط را فشار می‌دهد. ضبط را برمی‌دارد، از بالکن به اتاق و از اتاق به آشپزخانه می‌رود. ضبط را در حوله‌ای می‌پیچد و به راهرو می‌رود. در را کیپ نمی‌بندد تا صدایی بلند نشود. تا شوتِ زباله نرم و پاورچین پا برمی‌دارد. ضبطِ حوله‌پیچ را که از دست رها می‌کند، نفسی بلند می‌کشد. برمی‌گردد به خانه و پشت سرش در را قفل می‌کند. بی‌اختیار و از روی وسواس از کنار ورودیِ آشپزخانه که می‌گذرد، نگاهی به جای خالی یادداشت زرد روی در سفید یخچال می‌اندازد. گوشه‌ی لبش را زیر دندان می‌گزد و به بالکن برمی‌گردد. فندک را کنار زیرسیگاری روی میز می‌گذارد. نگاهی به دو صندلی خالی می‌اندازد. یکی را بی‌صدا بلند می‌کند، می‌برد می‌گذارد کنار دیواره‌ی شیشه‌ای بالکن. سر رو به بالا می‌چرخاند و گذرا به ماه نگاهی می‌اندازد. صدای خرمگس ناخواسته توی گوشش می‌پیچد: بال در نیاورده‌ای و بالا نمی‌روی...دندان روی جگر می‌گذارد تا خرفهم شود. به خودش خاطرجمعی می‌دهد که خرمگس با وزوزش توی کاسه‌ی سرش حبس مانده است؛ که آدم دیگر از او و خرمگسش فرسنگ‌ها دور است؛ که خودش باید کار را تمام کند. دست به میله‌ی دیواره می‌گیرد و روی صندلی می‌رود. دست از میله برمی‌دارد و می‌ایستد. حالا دیگر وقتش است که به پایین نگاه کند. آب دهانش را قورت می‌دهد و با صدایی که نه بلند است نه بی‌رمق، **می‌گوید، با تو همه چیز تمام می‌شود.**

تورنتو، ۲۰۱۴ میلادی

گزیده‌ای از کتاب‌های فرشته مولوی به فارسی

رمان و داستان کوتاه

تاریک‌خانه‌ی آدم. تورنتو: آزادان، ۱۴۰۳ (ویراست دوم؛ چاپ نخست: اچانداس مدیا، ۱۳۹۴).

کمین بود. تورنتو: آزادان، ۱۴۰۱.

پنجاه و چیزی کم. تورنتو: آزادان، ۱۴۰۱.

روزی روزگاری. لندن: نوگام، ۱۴۰۰.

سنگسار تابستان. پاریس: ناکجا، ۱۳۹۳.

زردخاکستری. تهران: روزنه، ۱۳۹۱.

حالا کی بنفشه می‌کاری؟ تهران: ققنوس، ۱۳۹۳ (چاپ دوم؛ چاپ نخست: ۱۳۹۱).

خانه‌ی ابر و باد. تهران: افکار، ۱۳۹۰ (ویراست دوم؛ چاپ نخست: شیوا، ۱۳۷۰).

دو پرده‌ی فصل. تهران: افراز، ۱۳۸۸.

سگ‌ها و آدم‌ها. تورنتو: آمازون، ۱۳۹۶ (ویراست دوم ـ متن بی‌سانسور؛ چاپ نخست: ققنوس، ۱۳۸۸).

بلبل سرگشته. تهران: افق، ۱۳۸۴.

باغ ایرانی. تهران: ۱۳۷۴.

نارنج و ترنج. تهران: ۱۳۷۱.

پری آفتابی و داستان‌های دیگر. تهران: قطره، ۱۳۷۰.

ناداستان

از دیگرها. تورنتو: آزادان، ۱۴۰۲.

از کتاب‌ها و ترانه‌ها. لندن: نشر مهری، ۱۴۰۰.

از نوشتن. تهران: آگاه، ۱۳۹۳.

آن سال‌ها، این جستارها. لندن: اچانداس مدیا، ۱۳۹۲ (ویراست دوم؛

چاپ نخست: ۱۳۸۹).

ترجمه

دشت سوزان. خوان رولفو. تهران: ققنوس، ۱۳۸۹ (ویراست دوم؛ چاپ نخست با عنوان دشت مشوش: ۱۳۶۹).

سگ یک میلیون شپشی. تهران: افراز، ۱۳۹۷ (چاپ دوم ویراست دوم؛ چاپ نخست با عنوان باد می‌وزد: ۱۳۷۵).

فلک زده‌ها. ماریانو آسوئلا. لندن: نوگام، ۱۴۰۰ (ویراست دوم؛ چاپ نخست:۱۳۶۳).

سوهو و اسب سفید. یوزو- اوتسوکا. تهران: امیرکبیر؛ ۱۳۶۳ (داستان برای کودکان).

تبلیغ، ایدئولوژی و هنر. آرنولد هاوزر. تهران: شباهنگ، ۱۳۵۸ (متن بازنگری و ویرایش‌شده در اینترنت در دسترس است).

افریقا، تاریخ یک قاره. بزیل دیویدسن. تهران: امیرکبیر، ۱۳۵۸ (کار مشترک).

جوناتان مرغ دریایی. ریچارد باخ. تهران:امیرکبیر، ۱۳۵۷ (کار مشترک).

دوازده ماه. ساموئل مارشاک. تهران: امیرکبیر، ۱۳۵۴ (کار مشترک).

مرجع

فهرست مستند اسامی مؤلفان و مشاهیر. ۲ جلد. تهران: کتابخانه‌ی ملی، ۱۳۷۶ (ویراستار).

کتابشناسی داستان کوتاه ایران و جهان. تهران: نیلوفر، ۱۳۷۱.

ADAM'S DARKROOM

Novella

ADAM'S DARKROOM

Novella

Fereshteh Molavi

AZADAN BOOKS

2024